末等魂師

第2部

1 出門不要忘了帶哥哥

銀千羽—著

希月—繪

人物介紹

端木玖

身分：端木家族嫡系九小姐
等級：一星魂師（兼：三星聖武師）
個性：從低調變高調
寵物：焱、磊、寶寶
配件：硫金、流影、小狐狸頭飾、
　　　黑色連帽披風

紅色小狐狸

身分：魔獸
年紀：不明
特長：被玖玖抱在懷裡睡覺
出場印象：疑似魔獸火狐狸的紅毛小狐狸
新技能：燒光想傷害玖玖的人

仲奎一

身分：煉器師
等級：天魂師（傳說中）
個性：樂觀、詼諧、誠信

樓烈

身分：疑似聲名赫赫的煉器師
年紀：不明
特長：吃魚、喝酒、教徒弟
出場印象：黑黑灰灰的浮屍一具
口頭禪：我不是壞人
（內心附註：是帥哥）

北御前

身分：玖父託付之人，來歷神秘
魂階：五星天魂師
武器：黑色長槍
出場印象：外表約三十歲的紫衣帥美男
口頭禪：不能把小玖養歪了

端木風

身分：端木世家嫡系六少爺，
　　　也是本代子弟中第一天才
好友：夏侯駒
特長：護玖狂魔

端木傲

身分：端木家族嫡系四少爺
年紀：三十二歲
魂階：天魂師
新技能：妹控兄長實習中
出場印象：冷漠正直的男人
外型：黑髮黑眼的酷型帥青年，氣質沉穩

夏侯駒

身分：夏侯皇朝四皇子，天魂大陸十大天才之一
外型：沉默寡言的俊青年
個性：熱心開朗，有點悶騷
好友：端木風、端木傲
新技能：認識某少女後發現自己往吃貨發展

星流

原名：陰星流
身分：原為陰家子弟，現已離族
等級：二星聖魂師
個性：低調、忠誠
契約獸：不明
配件：黑色連帽披風、黑刀

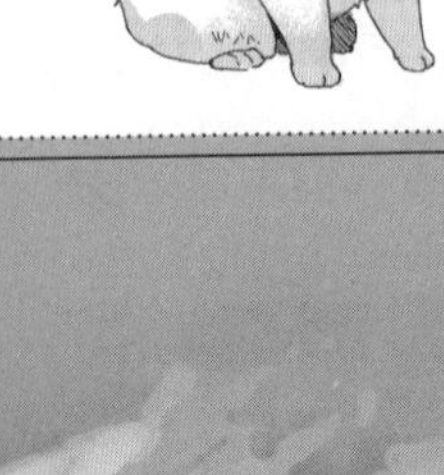

寶寶

品種：不明
外型：發育不良的盲眼小狗
專長：汪汪嗚嗚叫、吃

目錄

◆地理簡介◆

東州，天魂大陸三州之一。

西以一道橫亙大陸的天塹——東星山脈，與中州相鄰；以東則為一片無邊無際的海洋。

東州境內，魔獸無數，分散在陸地與水域。

人族聚居，由北到南，則以東雪城、東海城、東明城、東林城、東岩城等五城，為主要居地。

五城的存在，除了保護人族的生存空間，也維持東州的穩定，使海上魔獸，無法任意欺上岸……

序章

帝都，深夜。

一道高大的男子身影，無聲穿過寂冷的街道，倏忽間已來到仲奎一府邸前，伸手觸動門前禁制後，便靜待。

三息之後，闔閉的門主動打開。

男子沉斂氣息，邁步而進。

沒有主動迎客的仲奎一，坐在客廳小桌前，倒了兩杯茶，一杯放到對面的客位，一杯端到唇邊喝了一口，才懶懶地問道——

「什麼樣的事讓端木大族長紆尊降貴地在這種時候，特地跑到我家來？」好稀客呀！

據他所知，因為陰家鬧出來的事，有些中等家族想冒頭，各大家族之間正忙著重新拉攏勢力，每個家族族長都很忙呀。

「小玖呢？」端木如嵩也沒客氣，直接問。

「我怎麼知道？」仲奎一回給他一個無辜的表情。

「北御前離開了，你是小玖在家族以外最熟的人，她還是你的師妹。」不問你問誰？

仲奎一訝異了下。

但想到那兩兄弟，端木大族長會知道這件事，也就不奇怪了。

「就算是師兄妹，她也沒有事事向我報告的義務啊。」但說到這一點，仲奎一就更無辜了。

你一個身為人家親祖父的人都不知道自家親親孫女的去處，還好意思理直氣壯跑到別人家要人？

「仲奎一，我對小玖沒有惡意。」端木如嵩也知道他的指責有點沒道理，所以語氣先退一步。

仲奎一看他一眼，考慮了一下，才又開口——

「你找她做什麼？」

端木如嵩看著仲奎一，沉默了一下，似乎在判斷什麼。

「看來，你不會告訴我小玖的去向。」

仲奎一聳聳肩。

「不是我不肯說，而是小玖並沒有想回端木家族。你既然知道她是我的小師妹，就該知道，比起你……我當然是更聽我家小師妹的。」

「她是我的孫女。」親的！

「她是我師父的小徒弟。」親自收的！

而且她是阿北一手親自養著教著照顧長大的！

比起阿北和師父，你一個為了家族而把親孫女放逐出帝都的親祖父，簡直比後爹還後爹。

端木如嵩看著他，眼神隱隱發出威勢……

「你能對我保證，無論在什麼情況下，都會站在與小玖同一方的立場嗎？」

仲奎一挑眉，眼神直直回視他，表情連一點動容都沒有，就在無形之中，卸去那種威勢。

「她是我的小師妹。」

師父教則：他家師父門下，就沒有師門不同心這種事。

更何況小玖不但是他的師妹，還是師父特別交代要顧好的小師妹，又是阿北教養的小孩。

會不會跟小玖站在同一邊的立場，這種問題連問都不用問的好嗎？

跟他比起來，仲奎一覺得自己優秀好幾個等級，他這個親親祖父，真的很像假的。

端木如嵩沒有理會他眼神表示出來的意思，只是聽到這句話後就鬆下充滿威脅的眼神，端起茶來喝了一口，才說道——

「小玖用來對付陰月華的那一招，是『咒』，對吧？」

「我不知道。」無辜。

「你不知道?!」不信。

「我是真的不太清楚。」這真的很為難仲奎一呀，他只看過，又沒有研究過。

「大概是，也可能不是。」

端木如嵩：「……」除了面對北御前與其師父，仲奎一果然如傳言裡的一樣，難纏、難溝通、不爽快、敷衍！

仲奎一才想大喊冤枉咧。

小玖又沒有特別告訴他，他哪會知道？

當然，因為看過小玖為阿北治傷，所以大概猜到是什麼。但是，「猜到」跟「知道」還是不一樣的啊。

他說話一向誠實。

沒把握、不確定的事，當然不能亂答啊。

所以，他真是一個正直的人。

仲奎一非常自我肯定。

端木如嵩完全感覺不到任何正直的美好，只覺得溝通真是異常艱難。要不是不想引起別人注意，端木如嵩很想揍人的。

大概揍一揍，仲奎一就會好好和他說話了。

「我對小玖沒有惡意。」她是他的孫女，也是他最看重的小兒子現今唯一的骨血，他怎麼會不疼愛？

「但是我也看不出，你對小玖有什麼好意。」大概覺得自己快把人家惹毛了，仲奎一考慮了一下，就不故意繞圈子了。

絕對不是因為怕被揍。

真打起來，誰揍誰還不知道呢。

只不過現在這種時候揍來揍去，沒必要而已。

而且，他還有事，不想跟個老頭子耗太久。

「身為族長，我有守護家族的義務，但是我從來沒想過要傷害小玖，或是不管她。」

即使在確定她神智癡傻的時候，他也沒有想過就此放棄她。

只是當時在各種勢力的目光都關注的帝都，小玖再留下並不是一件好事，又有北御前堅持，所以他放任北御前將小玖帶走。

「那端木定灼的事呢？」

端木如嵩握杯的手一緊。

「我猜到定灼會出狀況，卻沒想到他會對小玖出手。」這是他的疏忽。

沒想到定灼對小兒子天賦的不滿，會累積到他對付自己的侄女。

再加上陰月華對小兒子的愛求不得，就變成小玖的危機。

為此，他放棄繼續衝擊神階，提早出關。

結果還是晚了。

「更沒想到的是，最後救了你這些家族的人，就是當初人人都看不起的小玖。」仲奎一幫他說完。

人生最快樂莫過於看到別人被打臉呀！

這陣子雖然忙得讓仲奎一很哀怨，但看到這些「前輩」、「高手」們每次想到小玖、談到小玖時糾結的表情……

他可以多吃三碗飯，真的。

莫欺少年窮啊！

小看他家小師妹，會很快受報應的。

端木如嵩：「……」

他完全不想看這張小人得志的臉！

不過該聲明還是要聲明——

「小玖是我的孫女。」你們，不過是師兄妹的關係。記住，是師、兄、妹，而已。

別太囂張了啊！會有報應的。

「沒說不是。」仲奎一自認很大度量，不計較讓別人自我滿足一下。

畢竟現實已經如此苦情，再不讓個當祖父的人有點自我安慰，他怕會看到一個淚流滿面的端木老族長……

那畫面太驚悚，仲奎一完全不想看。

「罷了。」端木如嵩放開已經空了的茶杯，站了起來，「我不知道你對小玖用的東西知道多少，但是如果你見到小玖，一定要幫我轉告她一件事：提防權杖的擁有者。」

「權杖的擁有者？」仲奎一微愣。

「現在不明白也沒關係，只提醒她，要她千萬記得：遇到權杖的擁有者，一定要小心。」慎重地說完，端木如嵩身形一動，就聽見大門開了又關的聲音，他人已經消失。

仲奎一連叫住他都來不及。

這麼大晚上的跑來和他夜會……呸呸，用詞錯誤！什麼夜會，是「找他」、「找」他，就為了說這句話?!

仲奎一堅持用詞要正確，拒絕和一個年紀比他大的男人偷偷進行任何私人會面，太有損身價了。不過……

「權杖的擁有者？」

那根失蹤的權杖，的確很古怪。

怎麼會陰月華人死了，她一直拿在手上的權杖卻不見蹤影？

他記得，當時並沒有人接近那裡，但是陰星宇為她收葬的時候，確實不見權杖，就連她的隨身儲物戒指都沒見到。

應該沒有人可以在天魂大陸那麼多高手的眼下，直接把權杖拿走卻沒被人發現吧？當時眾人認為，先處理陰家聯軍與肅清各家隱藏的反逆族人比較重要，但現在想想，這件事也很不對勁。

仲奎一輕嘖了聲，覺得陰月華果然是個麻煩的女人，人都死了還讓別人不得安寧！

想起陰月華對小玖的不懷好意，看來他得提早撥時間去找他家的小師妹，聊一聊未來的人生。

◈

同樣的深夜，中州以東的一處邊緣小鎮。

有一行人身穿黑色衣袍、頭戴黑色衣帽，在夜色下，乘著獸車以極快的速度來到這裡。

在小鎮外，他們停下獸車，藏身不起眼的樹林中，只有為首的幾個人下了車，低調地進入一處不起眼民房。

一直在裡頭等候的兩人看見來人，立刻起身，然後行禮──

「恭迎父親。」

「不用多禮。」為首的男人走到他們面前，看著自己一雙兒女，拍了拍他們的肩。

女兒看了看父親身後，不解地問──

「父親，母親呢？」

「她……永遠都不會來了。」他低聲回道。

永遠、不會來?!

看著父親的表情，兩人神情一震，驀然明白了，張著口，只覺得喉間一陣哽意，說不出話。

他伸出手，一手一個，抱住自己一雙兒女。

「我們會為她報仇的。」

「……嗯。」兩人低低應了。

「休息吧，明天一早，我們就啟程。」回去，屬於他們的地方。

「父親，中州，就這麼放棄嗎？」兒子問道。

「目前時機不宜，而且獸潮在即，我們必須先回去。」

兒子點點頭，明白了。

「父親，是……誰？」抹掉淚意，女兒這才問道。

「三大家族、皇室、公會……都有份，而真正動手的人，是端木玖。」一個連他都不敢相信的名字。

不是任何家族的知名魂師、武師，也不是任何一個家族的高手，而是他從來沒放在眼裡的小輩。

誰都不會想到，一個傳聞中的傻子、廢材，現年不過十五、六歲的少女，竟然能戰殺一名神魂師。

兒子抬起頭，與父親對視一眼。

此仇，必報。

端、木、玖！

第一章 蛋飛啦！

漆黑的天際，月隱星閃。

位於帝都之外，東北方的神遺山谷，萬籟俱寂，夜涼如水。

一把至今不明原由的巨大火焰，以衝天之勢焚滅了一座山峰，震撼了整個天魂大陸。

時隔兩個月，儘管火勢早已熄滅，但山谷裡炎溫不降、不息，硬生生阻絕了所有人的進出。

神遺山谷，不再是眾多魂師可去的歷練之地，反而成為所有人無法進入的禁地。

也因此，在陰月華敗亡之後，儘管帝都與整個中州人事沸沸揚揚、各種紛亂百出，但神遺山谷依然保持與世隔絕的超然狀態。

一片靜謐，處處幽靜。

除了皇室固定派守的一隊護衛軍之外，這裡已然成了被眾人遺忘的地方。

鄰近午夜時分，就在守衛山谷的皇族護衛軍交接之前，一道黑影悄悄然自陰暗處掠過，避過護衛軍的耳目，偷摸著潛進山谷裡，循著之前的路線，進入其中一座山峰。

一路從山下奔馳上山，遠遠地，隱約傳來燒烤的香味，他立刻加快速度奔到近處，就先看見一簇篝火，一鍋、一烤，滋滋作響。

四周的香味頓時更濃了。

「咕嚕……」

肚子很不爭氣地發出一陣響聲。

這聲不太大的聲音，在寂靜的夜裡被襯得特別響亮。

坐在篝火旁的兩人，以及在旁邊繞圈圈的兩小獸同時轉頭。

來人立刻面癱著表情，端持著神態，假裝什麼事都沒發生，他沒有發出任何聲音、他們也沒有聽見什麼聲音，然後一步步走了過來，坐下，緩緩拿起篝火旁烤肉架上的一根肉串，吸溜地就消滅了一串。

軟嫩、爽口、嚼勁夠、味道足，好吃！

「啾啾？」金紅色小鳥樣的小獸偏著頭，看小玖。

「喔喔？」灰色的小石娃娃也偏著頭，看小玖。

「沒事。」小玖回道，牠們可以繼續玩。

於是小鳥朝湯鍋底下的火石吹了一下，火焰立刻飆高了一下、熱湯立刻滾沸了一下，然後灰色小石人就把小鳥扛在肩上，繼續以小玖為中心，一蹦一跳地繞著圈圈走，非常自得其樂。

來人咕咕叫的肚子得到安撫，沒叫了，又看了兩小獸一眼，再一轉頭，就是一臉譴責看著兩人——

「我在外面忙得沒日沒夜沒空吃飯，你們兩個撇開我，這麼悠哉在這裡烤肉看月賞星星，有沒有良心？」他是為誰辛苦為誰忙？

被譴責的兩人同時露出思考的表情。

然後其中一個指著架上的烤肉串──好多串，開口了──

「我有留給你。」所以，他有良心的。

當然，他絕對不會主動說，其實他們吃掉的更多！會留下這麼多串，完全是因為吃不下了。

另一個則笑咪咪的，遞給他一碗湯……

「不是我叫你忙的。」還一臉純良的無辜表情。

所以他忙他餓，不能怪她。

否則就是遷怒喲。

「……」他想把湯碗扣在她頭上。

要不是為了她，他哪裡需要那麼辛苦地跟那群人打交道?!

知不知道現在外面有多少人想要她……身上的東西?!

小沒良心的！

他恨恨地一大口灌完湯，又瞪她一眼。

「再來一碗。」

「是，仲大叔師~兄。」她笑咪咪地再舀一碗湯，遞給他。

雖然「仲大叔師兄」這稱呼有點不倫不類，但好吧，他有聽出自家小師妹的討好之意，就算稱呼不倫不類、沒大沒小，身為師兄的他就心胸寬大點兒不糾正、不計較了。

「這還差不多。」接下來，他開始享受阿北家的小孩、他的小師妹……的服侍。

吃一根肉串、喝一碗湯，再吃一根肉串、再喝一碗湯，連續十次後，他終於覺得心平氣和了。

因為夜奔而消耗掉的魂力，也充分得到補充……咦？

「這肉……」

「好吃。」

他當然知道好吃，但是他要說的不是這個。

「這湯……」

「好喝。」

「……」這個他也知道，但是他要說的也不是這個！

忍不住用不滿的眼神瞪她。

不要一直打斷他的話，不要以為他看不出來她是在故意轉移話題呀！

「吃得好喝得好，是很重要的。」她一臉嚴肅。

「……是很重要。」雖然她說的都對，但是為什麼有種火氣默默飄起來的感覺？「妳用什麼煮湯？」趕緊問重點。

她又露出一臉思考的表情。

他手上拿著裝湯的碗，手腕有點癢。

剛認識小玖時，覺得這孩子雖然不活潑，但是很乖巧——阿北教出來的嘛，一定很好很優秀。

但是相處到現在……仲奎一覺得，覺得小玖很好很乖很優秀的他，當時眼睛一定有一半被什麼糊住了。

小玖很好。沒錯。

小玖很優秀。沒錯。

小玖很乖巧……這一定是只有那個護短、所有識人之明的眼光在小玖身上就會統統失效的阿北才會有的錯覺。

啊不對，可能還要加上兩個妹控的傻蛋。

小玖根本是默默就可以讓人噎得說不出話的人好嗎？跟「乖巧」兩個字只能勉強算得上有一點點親戚關係——畢竟她在阿北面前真的很乖巧。

屬於沉默的腹黑型，不鳴則已、一鳴驚人，犀利得不得了。

尤其當她沒有立刻回答你的話，下一句說出來的話絕對會讓人……

「幾根草。」她回道。

「……」他想打人。

仲奎一真的差一點點就把碗往小玖頭上蓋了，但是及時想到……

這是阿北家的小孩。

這是他的小師妹。

這是師父的小徒弟不能隨便欺負。

這三句話飛快閃過腦海，尤其是最後一句在心裡默默重複三遍，在腦中師父形象的籠罩下，仲奎一總算忍住翻手腕的衝動，保持長輩形象地繼續問——

「什麼草？」

小玖玖，人的忍耐是有限度的，妳再不好好回答師兄的話，湯碗真的會蓋在妳頭上的。

「就是長在山上，看起來可以磨碎來吃的草。」小玖這次很快地回答了，還特別說了一句：「附近很多。」

「……」仲奎一現在沒有想蓋碗，但是很無力。

明明知道他想問什麼，卻一直聽不到簡單易懂的答案，誰能理解他的感覺？什麼叫「看起來可以磨碎來吃的草」？還附近很多?!

在他眼裡統統都是雜草哪裡有能吃的?!

再說，他又不是草食性魔獸，哪裡知道哪種草看起來可以磨碎吃？在他看來，什麼草都不能吃！

愈是相處仲奎一就愈深深覺得，陰月華會被小玖氣得跳腳，絕對不是偶然，根本是小玖故意的。

黑心眼兒！

偏偏，小玖用很無辜不解的表情看著他，彷彿完全不知道他為什麼會一臉無力一副火氣上升卻飆不出來的感覺有多無奈……才怪！

好歹我是妳師兄兄兄兄，這種默默氣人的本事不要用到他身上好嗎？有沒有一點同門手足的愛呀?!

還有，他剛才想到的那個是什麼……啊對，大陸上失傳已久的行業，師父特別叨唸、特別感嘆過的那種特別的魂師……可能嗎？

看到底下火堆旁還有些「草的殘骸」。

這看起來就真的只是一堆草，長得不一樣但都差不多，走過路過踩過去都不會多看一眼的那種雜草。

仲奎一默默收回懷疑。

大概、可能、是他想多了，太忙沒睡覺到胡思亂想了。

吃烤肉喝湯了之後在體內產生的魂力，可能只是魔獸肉的功勞，應該沒有其他有的沒有的。

「算了算了，不重要。」他揮揮手不想問了，免得自己被小玖的答案鬱悶得噴出一口血。

小玖暗自吐了吐舌頭，然後拿出一顆蛋，將魂力裹在手上，依一種固定的規律緩緩撫摸著蛋殼。

仲奎一看了一會兒。

「這是在做什麼？」

要契約一顆蛋的話，滴血就可以了，不用魂力。

「我從書裡看來的方法。」小玖一心二用，一邊回答、一邊持續以魂力溫養蛋。「這是六哥送我的蛋，幾乎沒有生息，蛋殼也退化得像石頭。後來我在研究怎麼救北叔叔的時候，順便也看到這個方法，用來養蛋好像很不錯，就試試看，能不能把它救回來。」

值得開心的是：有效。

來到神遺山谷的這一個月裡，她修練時也會特別把它放在身邊，然後每天用魂力溫養它。

雖然它的外觀看起來還是灰撲撲的，好像沒有任何改變，但是她感覺得到，蛋裡彷彿有水在晃動，一天比一天清楚。

到現在，隨著她的魂力所覆蓋的位置，即使蛋始終沒有發出任何聲響，但是由蛋裡傳出來的生息，卻日益明顯。

石蛋變回像普通的蛋——雖然大顆了點兒，但是蛋真的活了，小玖也就不辭辛苦，每天給它送魂力。

仲奎一一聽，有興趣了。

「這個方法，能把一顆死蛋變活蛋，把硬撐著不破殼的蛋給孵出來嗎？」聽起來像繞口令，但是意思很明白的。

在仲奎一說到「死蛋」兩個字時，小玖感覺到蛋裡的水波好像劇烈晃了一下，根本在抗議。

蛋躁動著，很像想整顆衝出去撞仲大叔的頭。

小玖抱緊蛋，免得它真的撞出去，無語地看著仲大叔。

「它不是死蛋，你這樣說它會生氣的。」

「它聽得見？」仲奎一懷疑地看著灰撲撲的蛋。

還沒破殼就能聽見人話的蛋，表示這顆蛋的等級可能很高；但是等級很高的蛋外表看起來這麼醜、黯淡得沒一點光彩？

「牠……」小玖才要回答，灰灰的蛋突然自己發亮了一下。

仲奎一、星流立刻看向蛋。

但是蛋只亮了一下，就又灰撲撲了。

「什麼樣灰灰的蛋會自己發亮？」仲奎一盯著蛋，深思。

小玖很鎮靜地把溫養的程序做完，緩緩收回魂力。

「這跟牠是什麼蛋沒有關係，大概是，身為一顆蛋，都不想聽到有人說牠是顆死蛋，所以要抗議。」

「真的嗎？」仲奎一很感興趣地盯著蛋，開口：「死蛋。」

蛋立刻又亮了一下。

「聰明蛋。」

灰撲撲的蛋沒有反應。

「死蛋。」

灰撲撲的蛋立刻發亮！

「活蛋。」

灰撲撲的蛋又沒有反應了。

「還真聽得懂啊！」仲奎一滿臉興味。

蛋內部如水波般晃動的聲音，只有小玖聽得見，小玖突然眉一挑，然後就把蛋塞進仲奎一懷裡。

「給我……哇！」仲奎一雙手捧蛋拋來拋去，最後拋回給小玖，雙手因為太過冰涼的觸感而產生的麻痺感，簡直一言難盡。

仲奎一瞪著蛋。

「你這是欺負老實人！」指控。

蛋在小玖手臂上滾了一下。

毫無異狀。

仲奎一伸手摸了一下。

一點都不冰。

仲奎一又瞪著蛋。

「你這大小眼得也太明顯了！」

蛋又滾了兩圈，看起來很歡快，像在挑釁。

「哼。」仲奎一氣了，魂力一出，在他手上化出火焰，回溫了手後，立刻伸向那顆蛋。

火烤蛋，很不錯！

「咕咚咕咚！」火一過來，蛋立刻滾到小玖背後，一副把靠山推出來擋火的樣子。

但是小玖反手就把蛋抓出來。

「仲大叔是我們自己人，你冰到他很不應該，要道歉。」小玖非常公正地說。

蛋一僵。

明明就是一顆蛋，但是小玖、星流、仲奎一都看得出，蛋真的僵住，然後默默往後滾。

小玖雙手抱住它，不讓它滾著溜走。

蛋有點委屈，跳了兩三下、停了停後，再跳兩三下表示抗議，還是沒能改變小玖的主意後，蛋都心酸了。

默默地、慢慢地、可憐兮兮地，它飛到仲奎一身上，把剛才「冰過」的部位又滾了一遍。

仲奎一很懷疑，蛋就圓圓灰撲撲的，到底是哪裡能讓人看出「可憐兮兮」？偏偏，他真的這麼覺得。

但是蛋也沒再作怪，一滾過，仲奎一頓時覺得全身都暖了。

的差別。這種暖，是對比剛才的冰而來的，並不是真的變溫暖，大概就是從冰水到冷水

仲奎一看著那顆又飛走的蛋，表情有點呆。

小玖則以魂力再摸摸它。

「乖呀，不可以冰自己人喔！」當然，如果是別人，甚至是敵人，就盡量冰，把敵人凍起來也沒關係。

呃……等等，後面那句刪掉！

但是來不及了。

蛋好像聽懂了，小玖感覺到從蛋裡傳來「聽話」的氣息，還有一種躍躍欲試的興奮。

把人冰到凍起來，蛋表示：很期待！

小玖默了默。

一顆蛋很高興自己可以把人給冰了凍了，這嗜好真的可以嗎？

但是蛋已經決定這麼做，所以很開心地在她手上左右來回滾動，又飛到地上，在她周圍滾了兩三回後，蛋突然不動了。

山峰上，曾經出現過的紅色牌樓忽然顯現，一股吸力襲來，蛋隨之被吸了進去。

「誰?!」小玖轉頭，身形立刻飛躍追了過去，緊隨著蛋躍進那道紅色的牌樓。

「啾！」

小鳥幾乎是同時反應，在小玖落到紅色牌樓的同時，牠和石娃娃已經化為兩道光，一灰一紅正好落在小玖肩上，一同被吸進去。

「小玖！」仲奎一和星流立刻也追！

然而一步之差，同樣躍過那道紅色的牌樓，卻愕然地發現，他們竟然……穿過去了？

這道牌樓，對他們來說，竟然是一道虛門。

看得見，摸不著。

穿透過紅色牌樓，兩人落在山峰的地面，小玖、小鳥、石娃娃和蛋，卻已經不見了！

◈

躍進紅色的牌樓，對空間極為敏感的小玖，立刻發現異樣的不同。

她似乎已經在不同的地方了。

可以說仍然在山峰上，也可以說不在山峰上。

牌樓……

是門？

小玖停下飛躍的身形，回頭看了一眼。

只見紅色牌樓慢慢消失。

眼睛所見，不見山峰，不見仲大叔和星流，只餘一片幽暗。

一道宛如虛影的牌樓，就分隔出兩界。

是境的不同。

她現在所站之地，同樣夜色瀰漫，卻不是空曠的荒山。

眼前，左右楓樹林立，一望無際。

橘紅色的葉片時而拂動、時而飄落、時而迎風漫飛，蔓延至看不見的前方，延滿了一整道由碎石鋪成的路面。

當葉片落到地面上，橘紅的顏色慢慢轉變成一片深灰，然後慢慢消逝，自然而然，彷彿天生的規律就是如此。

橘紅的楓樹，與沉灰的路面。

悠悠然。

也幽幽然。

前路的盡頭，暗色蒙蔽，隱隱顯露出一處瓊樓玉宇……是上次她在神識裡看到的樣子。

華麗的樓影雖然仍是看不清楚，但卻比之前更加清晰一些，玉樓之上的字跡依然模糊，看久了，她就眩暈了一下，不得不收回神識。

「啾？」警戒。

「喔？」警戒。

小玖摸摸兩隻，示意牠們別太緊張，才看向蛋。

那顆蛋，在被吸入之後，就停在半空中，她能感覺得到，蛋裡沒有流動的聲音，彷彿沉睡了。

卻也……安定了。

彷彿回到了它所熟悉的地方，讓它安心了一般。

一陣風吹來，發出一陣聲響。

「窸窸。」

明明只是尋常因為風吹枝葉而摩娑發出的聲響，小玖卻聽出不同的意思。

「你要我留下它？」把蛋留下來？

「窸窸。」

「如果它屬於這裡，又怎麼會在外面？」

「窸窸。」

「現在不能告訴我？那我不能把它留下來。」它是六哥送給她的禮物，小玖很珍惜的。

「窸窸窸。」

小玖沉吟。

「窸窸。」

小玖突然搖頭，「我不需要傳承。」

「窸窸。」

「我被選定了?!」小玖訝異。

什麼時候發生什麼事？她怎麼都不知道?!

「窸窸。」

「主人？」氣息？

她？

「窸窸。」

「缺一半？」原來只有一半，那可以放棄……

「窸窸。」

只有一半，就是小主人。小主人。

小玖：「……」這麼高大上的名詞，一聽就覺得應該是個坑，她可以不要跳嗎？

「窸窸。」

小玖的視線，轉向那顆蛋。

「只有在這裡，它才能孵化嗎？」

「窸……」

黑暗中，一道巨大獸形虛影浮現。

小鳥和石娃娃兩隻同時戒備地看著牠，準備牠一有什麼傷害小玖的動作，牠們就一個燒一個壓，把牠燒焦壓扁扁！

察覺到牠們的心思，小玖差點笑出來。

但是也很感動。

揉了揉兩隻的頭，她低聲說——

「放心，沒事的。」

小鳥看著她，神態很堅定。

牠絕對不會再讓任何人傷害玖玖的，以前的事不會再發生一次，玖玖不流血、不受傷，好好的。

「焱，別擔心，如果牠想傷害我們，就不會特地放我們進來，還好好說話了。」小玖摸摸焱。

「啾！」

焱這才放鬆一點戒備，但還是守在小玖身邊。

獸影靜靜看著他們互動。

當看清楚小鳥和石娃娃的原身時，饒是自覺活了很久、見多識廣的獸影也是愣了一下。

沒想到，這兩隻竟然還會出現，而且和她這麼好……這完全不像這兩隻應該會有的選擇呀！

牠們不是通常都遠離人族的嗎？

呃不對，她不能算是人族了。

有這兩隻跟著，是好事。

牠這麼一想、驚訝過後，就回復原來靜然的神態。

小玖一直看著牠。

牠四肢盤臥、彷彿被什麼束縛著，牠卻不掙不扎，靜臥而守。

形態沉寂，卻威嚴自生。

最特別的，是牠的頭頂上長著一隻角，有著一雙金色的瞳眸。

金色的獸瞳，在望向那顆蛋時，有如憶起什麼，瞳內有著難言的激越與難忍的哀傷。

半空中沉寂的蛋突然亮了一下，殼內的獸顯形了一下，又消失。

那是，特地給牠看的。

金色獸瞳闔閉了一下，再睜開，激動與哀傷的神態都收斂不見，只餘一種欣慰、一種失而復得的慶幸。

「你……」小玖眨了下眼。

這兩隻——

「窸，窸。」

獸影並沒有出聲，也沒開口，但是風中就是傳來牠的意念。

「我考慮一下。」小玖回道，然後走向前，將自己的魂力輸進蛋裡，感覺蛋裡又開始有流動的聲音。

從緩慢，到穩定，然後，蛋跳了跳，像在感謝她。

「你好好的，就可以了。」

因為顯形，她感覺到，蛋的生命力似乎又低了一點，所以又輸入了一點魂力給它。

「我的魂力，對所有的蛋都有這種效果嗎？」小玖問那道獸影。

「窸窸。」

「原來如此，相生相剋嗎？」小玖大概有點明白，低頭問著蛋：「你想留下來嗎？」

蛋跳了兩下。

「留下來，對你好。」

蛋好像生氣了，重重跳了兩下。

「要幫我，你得先破殼，否則就你現在這個樣子，別說保護我，能保護好你自己不被做成烤蛋就不錯了。」小玖特別老實地說。

蛋僵了僵，然後用力一跳——表示抗議。

什麼烤蛋？

誰敢烤了它？

它才不會被烤熟！

「好吧，你不會被烤熟。」也不會被打破煎成荷包蛋。「這裡很安全、也很適合你，你要好好修練，早早破殼而出。」

看見它的形態後，她就不反對了。

留在這裡，對蛋的確是好事。

自從開始修練藏魂一族的功法之後，小玖就發現自己對四周靈氣的感應更敏銳了。

甚至能分辨出靈氣的不同。

雖然不知道靈氣是否有分類，但卻直覺知道，這裡的靈氣與山峰上不同，更適合蛋。

也很適合她。

不過修練時，她不挑靈氣，蛋嘛，挑一點比較好。

蛋……不太樂意。

但是沒有破殼的蛋沒有「蛋權」，抗議、不樂意，統統無效。

蛋不高興地滾來又滾去，滾進她懷裡，埋埋埋。

「別滾了，我幫你做個窩吧。」

這個可以。

蛋不滾了，就定定在她手上。

小玖一手捧著蛋，另一手輕輕揮動，一旋身。

地上的落葉與風中的飛葉如同被牽引般，接連著飄向空中，繞成一個圈後，以同心圓的方式團團糰起，鋪成厚厚的窩。

金色的獸瞳發現，落葉與飛葉，按著某種規律團著，等團好，那個鳥窩裡竟然靈氣滿滿，看起來非常舒服，想躺上去。

牠突然，也想有個窩……

小玖再仔細看了楓樹林，然後身形一躍到第九棵樹上，將窩放在樹幹上，再將蛋安置在其中，在窩裡放了好幾顆亮晶晶的東西，又摸了摸它後，才旋身躍下樹。

「窣窣窣……」

被放上蛋的那棵樹枝幹沒動，但周圍的枝葉拂動拂動、移位移位，就將蛋窩藏在枝葉裡，完全沒露出來了。

小玖一臉研究的表情。

這樹成精了啊！

雖然在這種暗夜無光的情境、四周無人只有像阿飄的巨大半透明獸影，以及一片自動會動會掉葉的楓樹林，感覺很可怕。

但見識過各種動植物變異的小玖來說，就不算太驚悚了。

再一想，天魂大陸本來就不是個太正常的世界，魔獸都能契約還比人類更聰明更厲害，現在也不過就是……樹會動。

就算是在這裡第一次見，也不用大驚小怪。

小玖比較好奇，魔獸能契約，這植物……會不會也能變形、也有天賦魂技、也能契約？

「窸窸。」獸影再度傳來意念。

「東？」小玖眉一挑。

「窸窸。」

小玖笑了。

「你要告訴我一個秘密？」

「窸……」

「不了，我不想聽秘密。」小玖雙手在胸口劃叉，還特別退後一步，表示自己拒聽的決心。

「……」窸不出來了。

這個完全不按道理回答的回答，讓獸影很是鬱悶，連飄動的枝幹樹葉，都為之一停。

「窸？」

「秘密聽得多，容易早死，我想活久一點。」小玖一臉嚴肅。

「……」獸影這次沉默得更久了，才又發出聲音：「窸窸。」

「不，我並不想聽。」

身為一個接受過二十一世紀教育的人，她聽說過各種哏，但這個，絕對是屬於最好不要聽的那一種。

秘密＝麻煩。

她還想活久一點哩！

「窸窸窸窸。」

不管了，牠直接說出來。

小玖震驚地看著虛空中的獸影。

「你是一隻有身分、有地位、輩分血統高高高的獸，怎麼可以學這種無恥的招?!很沒有格調的！」她連摀耳朵都來不及，就直接聽完了。

簡直強迫中獎！

「窸窸。」這語調，很自豪。

「……」輪到小玖無語了。

「窸窸。」獸影的眼神，明白表示出牠很高興，終於找到人、而且把事情交代完了。

「……這麼重要的事，你就交給我，這樣好嗎？」她和牠……了不起就是見過兩面。

這還是把上回的算上，而且上回就算是牠能看見她，她並沒有看見牠呢！

她不認識牠。

牠也不認識她呢！

至於剛才說的「有身分、有地位、輩分血統高高高的獸」，那是她猜的。事實是，她連牠是什麼獸都不知道哇。

「窸窸。」

「好吧，那你回答我一個問題，那裡是哪裡？」她指向那片瓊樓玉宇。

秘密反正都聽了，不在乎多一個。

從上次在救北叔叔時，她的神識感應到這片樓閣開始，就一直會想起來，有一種很奇怪的熟悉感。

但是小玖發「四」，就算是以前的小玖，也沒有見過類似的地方，也沒有見過那個牌樓。

「窸窸。」

「神階？」所以，神階以下的她，被擋神識了。

魂階不足。

實力不足。

這是，被歧視了吧。小玖鬱悶。

「窸窸。」

「那麼，為什麼是我？」哼，不是歧視她魂階不足嗎？不要找她啊，她才不稀罕呢！

「窸窸。」

「……」

原來，她會被「委以重任」，因為氣息、也因為那場舞。

注、定、噠！

第二章　立志當土豪

小玖鬱悶地被送出來了。

焱和磊依然在她肩上。

「小玖。」

在原本牌樓的位置看見她突然冒出來，仲奎一和星流立刻衝到她面前，仔細打量她，確定她沒事，才鬆了口氣。

「怎麼回事？」仲奎一問。

「沒事，不過蛋留在那裡了……」小玖簡單說了一下，但其他的簡單說，卻特別強調她被歧視的事。

這實力不足、沒得抗議的憋屈。

仲奎一、星流：「……」

他們不只是看不到什麼瓊樓玉宇，根本是連進都進不去，這更有被歧視的感覺……

不只憋屈、沒處抗議、還更鬱悶！

「那隻獸，長什麼樣子？」在阿北面前，常常被鬱悶的仲奎一，心理承受力還是比較強的，很快就回神，好奇地問道。

「牠的體型很大。」即使是趴臥著，就足夠遮掉那一片隱隱浮現的樓影，而且小玖直覺，這並不是牠完全的形態，大概是為了不嚇到她，牠很收斂自己的體型了。

「看起來長得像犬、又像狼，全身黑色的皮毛，有一雙金色的獸瞳，頭頂還有一隻角……」就是因為這隻角，讓牠看起來既不是犬、也不是狼了，有一種凌駕在那之上的威儀。

小玖簡單地形容完，就看見仲奎一和星流同時一下子瞪直了眼，有點暈的表情。

「這獸，有什麼不對嗎？」

「沒、沒什麼不對。」兩個男人同時搖頭。

仲奎一多說了一句——

「只不過，這隻獸，如果真的是那隻獸，那牠的來頭……有點大。」讓他緩緩。

「什麼獸？」小玖好奇了。

那隻「窸窸」竟然可以嚇到仲大叔和星流耶。

「傳說中的……界獸。」

為什麼說是「傳說中」，因為在天魂大陸上，不說沒有人見過，就連知道的人都很少。

要不是看過師父自己編寫的那本《魔獸大全》，仲奎一也不知道世界上有這樣的一種魔獸。

可惜師父對牠的描述也不多。

除了外型的描述跟小玖說的一樣之外，其他如能力、天賦、屬性等級等等，一概不明，數量稀少以及少見的程度，可以直接把牠當成絕種魔獸來看。

唯一確定的是，牠的血脈等級，比天魂大陸所知的魔獸等級都要更高。

「界獸嗎……」界。

界域？空間？領域？還是……

小玖頭上的紅色小狐狸髮飾突然動了一下，好像發出了什麼聲音。

小玖直覺轉回身，遠處的夜色依然幽謐如故。

明明什麼也沒有聽清楚，但是她卻有種了然的直覺。

小玖垂下目光。

小狐狸……蒼冥……

「小玖？」

「沒事。我以為聽到什麼聲音，結果什麼都沒有。」小玖再抬頭，表情已經回復到原本嬌俏無慮的模樣。

……這話聽起來就是假的。

但是小玖笑了，所以他們，就信了。

三人回到原來烤肉的位置，坐了下來，看著焱和磊又在小玖周圍玩繞圈圈的遊戲，一副太平沒危險的模樣，仲奎一才問道——

「接下來妳有什麼打算？」

儘管小玖消失才過了一刻鐘，但是這種無處找人的焦急，讓仲奎一和星流都很無力，覺得這裡不太安全。

對他們而言，神遺山谷太神秘了。

在外面那些家族的人找天找地也找不到她的時候，神遺山谷的確讓小玖有一個好地方藏身。

但是已經躲了近兩個月，還要繼續躲下去嗎？

「我打算要離開了。」她特地等仲大叔來喔！

以便好好道別。

「那妳的哥哥們呢？」她這個眼神他看懂了，真是謝謝小師妹喔！特地等他，他很有面子。

「如果四哥和六哥問我去哪裡，就幫我告訴他們，我往東歷練去了。」

「怎麼不親自跟他們說？」那兩個哥哥，一直很關心她的。

小玖輕笑了下。

「如果現在我出現在帝都，和他們見面，他們會有麻煩的吧！」就算不在帝都見面，只要他們見了面被人知道，總是很麻煩的。

她是為哥哥們著想，所以他們應該不會生氣的，對吧對吧？所以，咳，小玖挺了挺胸，不心虛。

好吧，還是挺心虛的。

理智判斷對的事，感情上不一定是好的。怎麼選擇，真是人生小艱難。

不過小玖並不打算改變主意。

「喲！原來妳也知道呀。」仲奎一稀奇地看了她一眼。

小玖看起來也不像不通人情世故呀，怎麼偏偏做那種自找麻煩的事？

「以牙還牙，速戰速決……有仇沒有親自報，一點都不解氣呀。」看出仲大叔的不解，小玖特別解釋：「還有最重要的一點是，射她一槍，我、高、興。」笑咪咪噠。

很好，很強大。

這理由仲奎一打一百分，不能再少了。

小玖又想了想。

「其實要去帝都一趟也不是不行，頂多就是再打一次群架，雖然會費點兒力氣，但也不是什麼大事。」

「要是一架解決不了呢？」仲奎一橫她一眼。

各大家族裡那群活很久又愛算計的老狐狸，哪裡是一架就可以搞定的？

小玖很俐落地秒回——

「那就打兩架。」完全可以。

仲奎一：「……」

他怎麼覺得小玖有點唯恐天下不亂，還對打架抱以熱忱？

「我會幫妳轉告。」他立刻道。

小師妹妳還是別告別了。

帝都現在還沒亂完，就別再更亂了，很耽誤他的時間的。

「那就拜託仲大叔師兄了。」小玖又是一個俐落的秒回。

「……」有種他好像掉進什麼坑的感覺……毛毛的。

算了，就算有坑，小師妹挖的坑，他為人師兄的，除了掉進去還能說什麼？

畢竟掉坑vs.被師父罰……

他還是掉坑好了。

「離開帝都，妳打算去哪裡？」往東歷練，是一個很概略的方向，小玖應該有個目的地吧。

「那裡。」她指了方向。

那是一片山脈，以及，更遠的地方。

但是仲奎一笑了。

「那裡，比西星山脈更危險喔！」

「那才有挑戰性呀。」小玖笑咪咪的。

因為，她想見的人，都在遙遠的那一方。

也因為，她需要變強。

而且很久沒有這種感覺了呢！

蒼冥和北叔叔的離開，儘管是因為這方天地所限，卻還是讓小玖覺得憋屈。

這種不得不的妥協，喚醒了小玖靈魂裡的戰鬥與自由意識。

前世了結，今生才剛要開始，她總不能一直得過且過……咦?!

坐在她身邊的仲奎一和星流，同時感覺到一陣來自於她的魂力波動，忍不住同時看向她。

她眨了眨眼。

剛才，好像有什麼，被打通了。

她體內的魂力，好像更活躍了。

「妳突破一級了?!」仲奎一愕然。

他們剛才有說什麼驚天動地的話嗎？怎麼坐著吃烤肉閒聊一下，小玖也能晉級?!

這個時候，仲奎一的腦洞突然與看到北御前蹭蹭地變神魂師時的眾多修練者同調了——

「這麼簡單就晉級，那他們日修夜修努力修還得拚一拚才能晉級到底是在修什麼？莫非他們修練的，是種假魂師？」

星流也看著她。

雖然看不出她的實際魂階，但剛才的感覺是魂力晉級的波動沒錯。

這種晉級速度，真的會讓別人慚愧的。

「大概是吧。」小玖自己都恍惚著呢！

這就是……頓悟吧！

雖然只有一瞬間，卻是心念通達。

然後晉了一小級。

修練法門萬萬種，但要晉級的方法，似乎殊途同歸呢！

小玖覺得，說不定她可以在這個世界，刷新她前世的實力高度……未來，她要認真修練了。

仲奎一忍不住嘆氣。

「小玖，妳在外面千萬不要對別人這麼說。」糊里糊塗就晉級，教人家日夜苦練晉不了級的魂師們情何以堪？

小玖會被對她羨慕嫉妒恨的人圍毆的。

「我有那麼傻嗎？」小玖哭笑不得地看著他。

實話也是要看人說的。

仲奎一想想，也對。

他家的小師妹沒那麼傻。

他真是被阿北傳染了，快要變成愛操心的奶爹……呿呿，他還風華正茂，才不是愛操心的奶爹！

但是上一秒想著自己才不會愛操心，下一秒就看向星流——

「你也要和小玖一起去？」

「嗯。」這根本不必問。

「你……一定要好好修練。」仲奎一拍拍他的肩。

星流一臉不解。

仲奎一在心裡給他一個字評語：呆。

「想想端木風和端木傲，還有石昊他們那幾個，只要你跟小玖一起出發，等以後你們見了面……」呵呵、呵呵。

星流一聽，秒懂。

以端木家兄弟的護妹屬性，加上其他人就算沒有特別的原因、遇到了也一定會湊熱鬧的屬性……他表情一肅。

好大的危機！

為了自己的人身安全，真的得好好修練。

力求在未來的某一天如果真的被圍毆了，爭取不被兩三下打趴。

成功嚇到人，仲奎一哈哈大笑，然後繼續吃烤肉喝湯，一邊想著等他忙完帝都這裡的事，他也要快點溜，免得繼續被會長抓壯丁。

看看小玖，再想想帝都那幾個，這一群去哪都不怕惹點事的年輕人，如果統統往東而去……

簡直就是全天魂大陸的天才魂師們齊聚一堂，爭奇鬥豔啊！

而且，那裡最近也有大事啊。

仲奎一突然樂了。

「東州要熱鬧了。」

他要趕緊把這裡的事解決掉，然後奔過去，一定不能漏看！

◈

天魂大陸上，自古便有兩大山脈分立，縱貫大陸兩方，以東名為「東星山脈」、以西名為「西星山脈」。

天然的屏障，將天魂大陸概分成三個區域——

西星山脈以西，稱為「西州」。

被西星與東星兩大山脈夾在中央的廣大富饒之地，稱為「中州」。

東星山脈以東，稱為「東州」。

在天魂大陸上，人族並不是唯一的強大種族，與人族並存的強大種族，還有魔獸。

魔獸有天生的天賦技能，有智慧、能修練，修練至愈高階、血脈愈高等者，實力與智慧愈高，不在人族之下。

魔獸的地域意識強，在天魂大陸上所占據的領地，甚至比人族更多。

為了生存，人族武風盛行，以能修練成為魂師與武師為榮，追求實力、崇尚強者。

十數萬年來，人族與魔獸因為爭執不斷，也因為習性不同，漸漸地分出各自的駐居領地。

大陸上的平原地區，多有人族群聚而居，集居而成各式各樣的大小城鎮，漸漸發展至繁華昌盛。

目前，三州各自聳立著五大城，各自成就不同的勢力，成為人族的標竿；另有中小城鎮無數，依附著五大城。

魔獸的生態則與人族不同，多數不喜群居。

愈是高階的魔獸，愈不喜歡自己的地盤受到侵擾，那會被牠們視為挑釁。

因此山谷高峰、深水溪脈，愈是人族難以到達的險要之地，愈成為高階魔獸盤踞的領地。

而低階魔獸往往主動避高階魔獸而居，服從高階魔獸的意志，完全呈現出拳頭至上、強者為尊的生存型態。

傍晚，天際將暗未暗時分，一片連綿的山林中，兩道身影混在一干傭兵中，低調地走出山脈，進入鄰近的小鎮。

半個月的歷練，讓兩人身上的披風就像眾多傭兵一樣，灰撲撲的，還有些殘破的痕跡。

在進入小鎮後，兩人直接走進一家小飯館，吵雜的交談聲、飯酒中熱鬧的氣氛，立刻迎面而來。

兩人沒有在前廳多留，而是步向轉角的小門，站在櫃台前，駐守櫃台的女子立刻開口——

「兩位大人好，請問有什麼需要我幫忙嗎？」

其中一人從儲物戒中取出一袋物品與多種魔獸肉，放在桌上，然後遞出傭兵證——

「請估價。」

「稍等……」話還沒有說完，後面一名身材壯碩、個子高大、下巴滿鬍子的傭兵，踏著大步而來，直接將手上提的袋子「砰」地放上櫃台。

「麗麗小姐，估價！」傭兵證放在上面。

「請等一下，這位……」

「我先！」傭兵打斷櫃台的話。

「不能插隊喲，請等一下。」被打斷話的女櫃台——麗麗，臉色一點兒也沒有變、更沒有被嚇到，繼續好好地把話說完。

「妳……」沒耐性的傭兵想翻臉。

「大人是想要老闆親自對你說嗎？」櫃台女子麗麗笑咪咪的。

聽到「老闆」兩個字，傭兵本來蠻橫的表情頓時僵了一下，然後就稍稍收斂了語氣，轉向身旁——

「小子，讓我先。」

「小子」沒有理他。

「小子，你……」

「大人，請不要吵鬧。」本來在查看物品的麗麗，特地抬起頭，對傭兵說了一句。

你愈吵我估價得愈慢，大家都別想快，懂？

再吵，我叫老闆喔……

雖然保持微微笑，但是這意思，傭兵很明白了，想到飯館老闆，他只好放棄威嚇別人的想法，不情不願地說道——

「好吧，那快一點！」

「好的。」

麗麗也不介意他兇惡嚇人的臉，一手一個，將兩個袋子拎到後面算帳去了。

傭兵半倚著櫃台，看著比自己早一步來的人，內心開始評論。

個子，矮。

身材，就算是被披風蓋住也一樣不壯碩高大。

而且還戴著帽子蓋臉，感覺見不得人、膽小、怕事。

「喂，小子，你是誰？」乾等太無聊，鬍子傭兵沒事找事問。

「小子」繼續保持金子的最高本質——沉默。

雖然沒回應，卻將對方的外表打量了一遍，發現在黑色鎧甲右胸上一個明顯的記號：一顆紅色圓圈，旁邊散著十簇小火，看起來像一顆太陽。

這記號很顯眼，東州知名傭兵團之一的團徽。

所以這位鬍子是太陽傭兵團的……團員？

「小子，你敢不理我?!你信不信……」威脅的狠話習慣性要放出來。

「大人，在我家老闆的飯館之中，不許爭吵。」在算帳的麗麗特地回頭，笑咪咪地又說了這麼一句。

鬍子傭兵到口的狠話被噎得收回去了。

能在這種地方開飯館、收東西、每天跟那麼多傭兵打交道的人，當然不會是個簡單的人物。

是個傭兵都知道不要隨便得罪這種人。

更別說把老闆惹出來這種事兒，鬍子傭兵有經驗，完全不想再重溫一遍。

「哼，臭小子，算你好運！」乾等好無聊，偏偏不能耍狠一下……鬍子傭兵看著正在算帳的人的後腦勺，心裡有點哀怨。

不一會兒，麗麗算好帳，拿著傭兵證與兩張錢卡出來。

「兩位大人，請查看一下。」因為是不同客人，秉持對客人的隱私保密，她就沒有把金額報出來了。

兩人同時看了下錢卡裡的金額。

「多謝。」來賣個戰利品就被叫成「小子」的人收下錢卡，與一同前來、個子更小的傭兵一起走出去了。

身材高大的傭兵這才發現，原來還有一個個頭更小的小子在?!他完全沒發現啊……一定是因為那人個子太小了，不是他粗心。

看著兩人的背影，他難得裝深沉地嘆口氣。

心想：這種小身板也能當傭兵?傭兵公會真是愈來愈不講究了。

但想到錢卡裡的金額，他立刻開口問道——

「這次怎麼這麼少？」

「最近拿五級以下的獸核和獸肉來的客人比較多，所以收購的價格比較低。」

她解釋道，並且指了指後面的牆。

牆上明白寫著各等級的獸核與獸肉收購的價格標準。

這個價格，改了十天了。如果是十天前拿來這些東西，錢卡上的數字至少要再加上一千多金幣。

一去山裡至少待半個月，這次隔了一個多月才回來的傭兵無言了。平白飛了一千多金幣，心痛肝痛肉痛！

再想了一下最近滿山滿野都是傭兵與各大勢力的人馬駐紮的情形，他心裡有點懷疑，但還是先對她點了點頭。

「好吧，多謝。」

「另外，因為最近來往的人變多，所以飯館裡的飯菜和住宿，也漲價了喔。」麗麗友情提示。

「漲多少？」高大傭兵又有心痛肝痛肉痛的感覺了。

「這邊。」她指著櫃台，讓他自己看。

高大傭兵眼神木木地看完價目表，道了聲謝後，就轉身走出小房間，有點恍惚地回到飯館大廳。

心、肝、肉，痛得有點麻木了。

日子真是愈來愈難過，他是可憐的大傭兵……但是飯菜香讓他的精神一振，天大地大小漲價大漲價都沒有吃飯大。

再貴，也等吃飽再說。

在可以容納百餘人的桌位中，找到自己的伙伴所在的那一桌，明明身材高大、看起來不太伶俐的傭兵，竟然很靈巧地穿越過好幾桌客人邊，完全沒擠到人也沒撞到人，行動一點兒也不笨拙。

來到自己的位置後，他一坐下就先把錢卡遞給隊長，然後低頭開始扒飯吞菜。餓啊！先讓他吃幾口，安慰咕嚕咕嚕叫的肚子。

「這麼少？」隊長的反應，跟他剛才一模一樣。

連吞好幾大口飯、再喝一大口酒的鬍子傭兵，把櫃台的話說了一遍，再把最近收受的價格報了一遍。

隊長聽完，微微皺了下眉。

這個比較低，不是低一點而已，是低了很多！

相同量的物品，對比過去，可以換得的錢足足少了三分之一。

但是長年在這裡當傭兵、混飯吃的人，腦子稍微一轉，也想到了這其中的原因。

「雖然五級以下的價格變低，但是六級以上的價格變高了。」去賣戰利品的傭兵在大口吃飯之餘，特別把剛才看到的收購價格報出來。

隊長和同隊傭兵們一聽，眼神頓時一亮。

六級獸核的價格至少高了三分之一起跳，愈高級跳愈多。

六級以上，很有賺頭啊！

但隨即，他們的表情又萎靡了下來。

以他們的實力，要獵六級以上的魔獸，太危險了啊，這種看得到賺不到的感覺，太心酸了。

「咱們這些傭兵要討生活，真是愈來愈難了。」一身黃色鎧甲衣的傭兵忍不住感嘆。

要生活吃穿、要修練資源，人生……艱難啊！

「對了，為什麼最近我們這裡來了好多外來的人？」扒完兩大碗飯菜，去換錢的大鬍子傭兵終於有閒心打探一下心裡的懷疑了。

隊長和黃鎧傭兵無語地看了他一眼。

「你現在才發現？」他們要不要慶幸一下，他還沒遲鈍到底？

「呃……」鬍子傭兵臉上沒了兇狠嚇人的表情，剩下憨憨一笑——傻。

隊長及黃鎧傭兵和其他隊員們：「……」自家伙伴，好歹一起打過魔獸、一起被魔獸追殺過好幾次，不能嫌了。

黃鎧傭兵對其他伙伴做了個手勢，讓大家聚過來，才壓低聲音道——

「我剛才打聽了，在雪五峰和海一峰交界的山谷，從三個月前開始，就有魔獸聚集，而且愈來愈多，看起來像是……」更小聲，「有神獸或什麼與神獸同等級寶物要出世。」

一桌子伙伴肅然一驚。

神獸出世、同等級的寶物出世。那是什麼？

那是連皇室與各大城主家主都會震動，然後親自出動的消息啊！

難怪回來的一路上，多了那麼多不認識的外地人。

平常他們這座小鎮，熱鬧歸熱鬧，也沒有到人擠人的地步。現在呢？鎮裡的旅館都不夠住了。

鎮外還有不少臨時搭建的營帳呢！

「那我們……要去嗎？」鬍子傭兵收斂了大嗓門，硬是壓低音量說話，真是憋到他了。

隊長想了想，決定──

「去！」這種機會太難得了，不去可惜。「但是我們不湊上前，離得遠一點，就是去見識一下，長知識。」

雖然垂涎神獸，但是隊長更有自知之明。

以他們小隊這種實力，衝向前就是給人送菜的，連命都玩完的機率高達百分百，他連撿漏都不敢想。

隊長英明。

黃鎧傭兵拿酒敬了隊長一杯。

「除此之外，我還打聽到另一件事。」黃鎧傭兵說道：「除了山脈裡的原因之外，中州也發生大事了。」

「什麼事？」

「陰家家主死了，中州二等家族以下勢力幾乎重新洗牌，三大家族和皇室雖然實力還在，但是也受到不少衝擊。」連各公會都受到影響。

黃鎧傭兵把陰家家主的事蹟簡單說了一下，小隊伙伴們聽得咋舌不已。

「這簡直是一個女人就把中州各大勢力玩得團團轉啊！這女人太厲害了。」中州的男人太沒用了。

「別小看女人，尤其是陰家家主，那可是交友滿大陸、自身天賦與實力上等上，以一人之力，把陰家從一個地方小家族，拉拔成為大陸二等家族的狠角色。」隊長語重心長地說道。

不說別的，單論實力，他們這一隊人加在一起，也打不過一個陰家家主啊……多麼讓人心痛的領悟。

「不對呀，那她這麼厲害，怎麼會死？」鬍子傭兵憨憨地問。

「自己找死。」黃鎧傭兵嘴快地回道。

隊長嘴角抽了抽，反手就拍了他一下。

「好好說。」

別以為人家死了就可以隨便亂說，小心被陰家哪個子弟聽到，他們這麼個小隊就會玩完了。

「好的。」黃鎧傭兵也是個聰明人，不然也不會讓他去打探消息了。他正了正臉色，依然保持小小聲的音量，對伙伴們說道——

「聽說陰家家主秘密晉級神階，一朝爆發打了其他家族一個措手不及。她想讓陰家成為全大陸的第一家族，不但在神遺山谷裡搞鬼，還要其他家族對陰家俯首稱臣，這件事引起三大家族以及皇室、各公會不滿，於是變成一場大混戰……

「後來在決戰的時候，陰家家主對戰各大家族的頂尖高手，以一敵多、不落下風，可惜運氣不好，聽說最後被人偷襲了，她死了、陰家也易主了。」事發至今，據說有三個月了。

現在這則消息應該已經傳進東州，要不是他們一直在山脈裡歷練，早就應該知道這件事了。

黃鎧傭兵才說完，身後的桌子就傳來「嗤」地一聲。

這一小隊的傭兵，紛紛轉過頭。

「兄弟，你這消息打探得不完整啊。」發出笑聲的那個人，拿起一個大酒杯，對他們敬了一下，表示他沒有惡意。

於是他們也舉杯喝了下，表示不介意。

一杯酒喝完，黃鎧傭兵立刻問——

「兄弟，難道你知道更詳細的情況？」因為才剛回來、時間太短，他打探的消息不夠仔細，也是正常的。

「當然可以。」這位發出笑聲的人，並沒有降低自己的音量，「傳說陰月華是被偷襲，其實也不完全錯。當時她確實以一敵多對戰其他家族的高手、戰況占上風，只不過在她對端木家族的人出手時，卻被突然出現在戰場的人擋下，然後，只一招，陰月華和契約獸，就死了。」

飯館裡突然一陣靜默，然後嘩地又熱鬧起來。

「哇……」

「怎麼可能?!」

「不會吧?!」

是誰這麼厲害能一招殺了陰家家主？

那是神階耶！傳說中的神階耶！

那麼容易被打敗的話，那麼多大陸上成名的高手，難道都是吃乾飯的？

「那個突然出現在戰場上，殺了陰家家主的人，是誰呀？」黃鎧傭兵在心裡數了數。

根據他打探來的消息，全大陸有名家族裡、知名的高手，都出現過了呀，沒有漏掉的。

「端木玖。」

「端木玖？」誰？

男子以一種「你們真是山裡待太久竟然連她是誰都不知道實在是太孤陋寡聞跟不上時代」的眼神看著他。

不過還是很善良地回答了他的問題——

「端木玖，端木家九小姐，曾經是帝都中人人取笑的傻子、端木家族中的最大廢材，誰知道她被貶出帝都、十年後回來時，已經變成一名天才武師了，天賦之高，橫掃帝都各大家公子……」還沒說完，立刻有人搶話。

「我知道我知道，聽說端木家當代的第一天才很疼她，超級妹控，而且她長得很漂亮……」以下讚美一百零八句。

就在飯館裡說得熱熱鬧鬧時，角落裡默默自成一桌的兩人、默默將點來的晚飯吃完，然後在眾人討論熱烈的時候，默默心痛地結了漲價一倍的飯錢，離開了飯館。

一踏出來，個子比較小的那個人，忍不住呼出口氣，面前就出現了一道白色煙霧。

「會冷嗎？」他問道，內心同時算了下錢卡裡的錢，以及在小鎮裡買衣服的價格。

少。貴！

金幣不夠用。

「不會。」不過，她還是拉緊身上的披風，然後帽子戴得更緊一點。

明明沒有下雪，但是東星山脈的山腳邊，入夜的氣溫卻很低。

「妳出名了。」

陰家的事現在才在這裡流傳出來，大概是因為這個小鎮比較小，而且偏僻。但是東州那邊，應該已經傳出她的名聲了。

「可見得，他們太閒了。」她不以為意地聳了下肩，轉向鎮外走去。

「妳想去哪裡？」他跟上她的腳步。

「鎮外不是有個臨時市集？我們去逛逛。」有沒有機會撿便宜呢？

一般來說，小鎮裡有飯館專門收受傭兵們拿回來的各種戰利品，對常年在這附近冒險、討生活的人來說，就很夠用了。

但是架不住最近人多呀。

而且有人嫌棄飯館給的價格不夠好，所以乾脆自主擺攤，賣錢或交換物品都可以。

幾天下來，在鎮外的營帳區外，就形成一個小市集，買賣全憑雙方甘願，沒有公定價可言。

兩人繞了一圈回來，什麼都沒買。

五級獸肉一斤，十金幣。

三級獸核，三百金幣。

五立方儲物戒，三千金幣。

一立方儲物戒，可冰凍食物保鮮，五千金幣。

剛石一斤，一百金幣。

樣樣都是金幣起跳，而且比起中州其他地方的價格，這標價絕對是三級跳以上！

在看完各種物品的標價，再對比來到這裡後去賣過兩次狩獵所得的金額，個子比較小的那一個，嘆了口氣。

「傭兵們，也很會做生意呀。」這標價，跟飯館裡的公定賣價也差不多了，甚至更貴。

原本這些東西的價格，至少比這些標價低三分之一，而那樣的價格，已經是中州各城的兩倍了。

現在人一多，物品的需求也大大拉高，縱然人多也代表戰利品多，但是種類卻有限制，於是其他物品的價格也大大拉高。

物以稀為貴，真是亙古不變的好道理。

逛了一圈小市集，回到小鎮門口，她默默嘆了口氣，感覺到荷包太扁的心酸。

「東州的物價也太高了。」

沒有最貴，只有更貴。

雖然北叔叔和師兄、哥哥們都有給她錢，尤其是北叔叔給的，足夠讓她變身土豪了。

但是論起她自己賺來的……簡直是貧民等級的謀生能力。

現在她很能體會大多數傭兵感慨時說的——傭兵的生活大部分都很辛苦，不好過呀。

這種物價還想要生活好過，像作夢。

尤其是，她不能再隨便煉器拿來賣——會被師父罵的。

「本座的徒弟，不准煉出那些個上不了檯面的東西。」師父說。

「什麼是上不了檯面的東西？」當時，她很虛心地問。

師父不語，對她微微笑。

「……」她秒懂了。

對照現在的情況，簡單來說，就是不能像她一開始在西岩城那樣，隨便煉一星二星的魂器出來，只為了賺吃飯住宿錢。

堂堂煉器師，沒有這麼掉價的。

於是，去掉這個來金幣快的專長，就讓現在的她，連吃頓飯都要肉痛一下……心酸。

不行，怎麼可以被區區金幣打倒呢？她要當一個到哪裡都不缺錢用的人！

「這種情況，應該是例外。大概是因為山谷裡那個傳聞帶來的，而且愈近山裡、愈靠近那座山谷，東西就會愈貴。」不知道她腦子裡想了那麼多東西，他繼續合理推測。

她開口，才想要說什麼，就感覺到有一群人快步走來，行走間，還帶動一陣風勢。

她身邊的人立刻拉了她避到一邊。

同一時間，小鎮裡也奔出幾個人，一路奔、一路呼喝——

「有貴客前來，所有人請避讓到一邊。」

奔到入鎮口，對著來人半彎腰——

「恭迎各位，請。」

從鎮外來的一群人，點了點頭，就烏泱烏泱地一群進鎮去了，留下一陣拔風飛揚的背影。

最後面隔著距離跟來的，是一些傭兵，有些還是之前在市集裡看到的擺攤小販。他們沒再跟著進鎮，反而停在小鎮入口，克制音量開始討論——

「那是……」
「東雪城的人。」他認得那身衣服！
「還有東海城的人。」衣服上有標誌！
「不只，東明城、東林城、東岩城，都來人了。」
「後面還有，疾風傭兵團吧！」
那一群人裡，各人身上的服飾，就代表那個人的來歷，以及其他他們不認識的。
「他們怎麼會同時跑到這裡來？」
「這還用問？」當然是為了山裡那個呀。
「我當然知道那個，但是那裡離這裡也有段距離耶，他們沒事跑到這裡來幹嘛？」就算要補給，也輪不到他們這個邊緣小鎮吧。
「大概是因為，這裡沒主的傭兵多吧。」
「你是說……」來找臨時隊友的？
「不然呢？」
「那我們快去。」這單接到，他們可以半年不用開張啦！
想到這些大城來的大人物的出手闊綽性，這群人攤子也不回去顧了，直接衝進鎮裡，一路奔向設在鎮裡的傭兵公會。
一眨眼，鎮門口又只剩兩個人了。
看著一群人又跑了、加上剛才聽到的，她想了想，很認真地問他——
「神獸，應該很值錢吧？」
「當然。」何止值錢，那是近乎無價！

在中州，沒有哪個魂師會把神獸賣出去的。但是她這意思……

「很好，我們能不能變土豪，就靠牠了。」有方法賺金幣了，她笑咪咪。

他一聽，眼神死了三秒鐘。

……抓神獸只為了賣錢？

暴、殄、天、物！

第三章　傭兵團的愛恨情仇

「攻擊隊形，散開！」

「左翼，攻擊！」砰！

「哇嗚……」轟！

「快跑！」

「天魂技……」

東星山脈裡，兩道穿著連帽披風的人影不時轉彎、隱沒，避開大部分有聲音傳來的地方，默默朝海一峰的方向前進。

沿途不時聽見「唻！」「喔伊喔~」「吼……」「吱吱！」等不同音量的獸吼聲。

再加上各種「右邊！」「包圍！」「攻擊！」「媽呀！」「快逃！」之類的人聲。

最後配合「砰！」「轟……」的巨大聲響，與各種人獸的奔跑聲……不得不說，比起西星山脈，東星山脈真的是好熱鬧啊！

在不斷避開紛爭、連走了兩天之後，兩人終於到達海一峰三百里之外。

「停步！」

感覺到前方有人、還來不及避開時，兩人就被攔下。

「這裡是東海城的營地範圍，非東海城之人請離開。」負責守營地的武師嚴肅地喝道。

三百里外就紮營地？

兩人對看一眼，個子高的人問道——

「請問營地範圍有多廣？」

「三十里。」武師回道。

「那麼，哪裡是一般自由傭兵的營地？」

「往東，二十里。」

「多謝。」兩人立刻轉身離開。

就在兩人往東走後，東海城少城主帶著一隊人回來，正好看見兩人的背影。

「是誰？」

「見過少城主。」駐守的兩名武師先行禮，然後回道：「大概是自由傭兵，不知道這裡已經被我們劃分營地範圍，所以誤闖而來，我已經讓他們前往傭兵公會的營地。」

「嗯。」少城主點了下頭，又看了那兩人的背影一眼，就帶著人進營地。

另一邊。

「東海城，東州五大城之一，竟然也來了。」雖然已經離開營地入口，但她還是聽到後面的對話了。

「如果真有神獸或同等寶物出世，東州五城的人，都不會錯過的。」要不是現在中州還亂著，皇室和三大家族一定也會派人來。

不過，說不定現在也已經有人來了，只是他們不知道而已。

大陸上魔獸很多，但是多在聖級以下，聖級魔獸出現的頻率已經不高，神級就更是罕見，每次出現的消息一旦傳開，就必然引起一陣爭搶。

沒有任何一個勢力會放棄擁有神級魔獸的機會。

「來了，就自己先圈地？」她挑眉。

「這算是慣例。」他解釋，「雖然不是明文規定，但是當各大勢力在野外匯聚一地時，若是共同行動，同一方勢力不管是不是一起同行的，會先匯聚在一起，紮營的位置，先到先得。

若是後來者看上同一個地點，兩方可以各派出代表對決，贏的一方留下、輸的一方另尋營地。」

以此類推。

不管是傭兵隊或是任何團體與個人，在同樣情況下，一樣是奉行「狹路相逢勇者勝」的原則。

拳頭大的人，就有選擇權。

「很簡單、也挺公平。」她點點頭。

「雖然妳想搶……」他頓了頓，沒講出來，「但我們還是先打聽一下狀況……」然後再視情況決定。

以兩人之力要對上這裡所有的傭兵，就算他對自己的實力一向有自信，這個時候也是有點沒底的。

自信是一回事。

自信到沒腦子就是另一回事了。

「妳真的想搶神獸？」他確認性地再問一遍。

「有機會，當然不放過，不過事不可違時，也不強求。」她是想搶，可也不是一頭往前衝的衝動鬼。

再說，真的搶了回來、契了約，小狐狸要是知道的話，可能、大概、不會生氣，但也絕對不會高興就是。

說話間，他們來到傭兵公會的營地。

「一個營區，一晚五金幣，可以當天付。」守在營地入口的傭兵說道，順便介紹規則。

一個營區範圍，大約可以住十個人，這是最低標準。大的傭兵團想住成一區的，可以相連的營區一起租就成了。費用規則，一營區五金幣，以此類推。

租多營區會有優惠嗎？

對不起，沒有這東西。

「……」這麼愛錢真的是傭兵公會而不是商會假冒的？

「有位置可以挑嗎？」

「有。」傭兵拿出一塊石頭，把營地的營帳分布顯示出來。

紅色代表有人了，綠色代表可以選。

挑了一個位置略高、但不算太高的單個營帳區，繳了五金幣。

選定營區位置後，兩人默契分開。一個往外，一個往半山腰營區的方向走，不一會兒就走到位置。

雖然說是營區，但是並沒有提供營帳，只是在地面上以線拉出區隔。一個營區，大約是四十尺見方，大約是可以拉起兩個五人營帳，再多一個小活動區的範圍。

等她架好簡單的火堆、煮上湯時，另一個人也回來了，然後拿出剛才捕獵到、已經處理完皮毛的凡獸，以及一桶水、一副乾柴。

抹上調料後，他開始烤肉，一手接過她遞來的湯。

捧著碗喝湯的同時，她好奇地看著四周，也注意到，就在他們營區兩側，有兩大團的人分別來了。

「我們兩個，有點勢單力薄啊。」

在這個山腰上所劃的營區，就他們只租一區，其他傭兵團隊，至少三個營區起跳，大多數是十營區或以上連成一片租住的。

對比之下，他們這一個營區，小到完全可以被忽視。

「難道，妳有考慮和別人合成一團？」

「當然沒有。」

「還是，怕被欺負？」

「我……」她才要開口，就被人打斷話。

「喂！」

「……沒有怕，只是覺得我們兩個人，在別人眼裡看起來特別好欺負。」繼續把話說完，沒理那個「喂」。

「喂！你們兩個！」

她這才抬起頭。

就在他們的營區前，出現十幾個人，把兩人整個圍住。出聲的，是其中一名女傭兵。

「有事？」

「我們是東方傭兵團，這一帶的營區我們都包了，希望你們能換個營區，把這個位置讓給我們。」雖然語氣沒有高高在上，但也不是客氣地商量，而是客氣地請他們離開。

「我們拒絕。」

「如果用說的不聽，就別怪我們要動手了。」女傭兵威脅。

她看著還在烤的獸肉，皺了皺眉。

晚餐還沒做好，就有人來搗亂。

「你們這是要以多欺少？」她問道。

「不用他們，我一個人就夠了。」不是以多欺少、是以一敵二。女傭兵向前跨了一步，一昂首，「你們兩個誰上？還是一起上？」

輸了就滾蛋！

「等等！」

在東方傭兵團的小隊來的反方向，同樣來了十幾個人，還挺眼熟的。

前幾天晚上，他們在鎮上的飯館裡遇見過，特別記得那個鬍子大塊頭傭兵、還有一個黃鎧傭兵、一個隊長。

開口的，是那個黃鎧傭兵。

「這個營區，我們要了。」來人喊停後的第一句話，意思就是——你們兩邊都不要動，這地盤是我的。

「我先來的！」女傭兵瞪著來人。

「營區又不是先來先得，否則妳何必在這裡？」來人特別用眼神示意。

要論先來的，可是坐在那裡，一個喝湯、一個烤肉的兩人——有人上門找碴了，竟然只記得吃？

而且，在他們兩方人馬的包圍下，還繼續喝她的、烤他的，這應該讚聲有膽識，還是鄙視他們太沒有眼力？

「你找打！」女傭兵大刀上手，一副蓄勢要砍過去的模樣。

「喂喂，節制點兒，人家都還沒說話呢！」這個粗魯女，可不可以先正視一下主角？

「兩位不用客氣，可以繼續，我們不急。」一碗湯剛好喝完，她客氣地說。

這麼反差的話，讓他噗哧笑出來。

「小傭兵很幽默啊，怎麼稱呼？」黃鎧傭兵大剌剌地問。

「沐沐。」她報了個名字。

「那這位？」烤肉的。

「流星。」他一聽到她報的名字，就也報上自己的，都是化名。

「兩位好，我是……」黃鎧傭兵才要自我介紹，話就被打斷了。

「啊！我認得他們兩個！」就在黃鎧傭兵後面，突然爆出一個大嗓門，然後指著流星說：「麗麗店裡那個不說話的小子！」

重點是，害他無聊到想要狠沒要成，一口氣鬱悶，後來只能狂啃三大碗飯出氣了！

所以他印象特別深。

「大胡，不能這麼兇。」而且沒禮貌。黃鎧傭兵訓了他一句，才好奇地問：「你認識他們？」

「不認識。」大胡答得可順溜了。

認得，和認識，是兩回事。他沒答錯。

但是黃鎧傭兵：「……」深呼吸。

不氣。大胡耍二不是一天兩天了，不氣、不氣，不過以後，大胡應該改名叫「二」胡。

就在黃鎧傭兵努力深呼吸的時候，鬍子大塊頭——大胡，已經跑到流星面前，蹲著看人了。

「小子，雖然上次見面你讓我很不高興，但是沒關係，我很大肚量，不計較了，只要你換個營區就好。」大胡說道，邊看著他烤肉。

好香。

「為什麼？」

「知道他們是誰嗎？」大胡先問。

「不知道。」流星很順地回道。

大胡一臉「我就知道」的表情，熱心地說——

「你們兩個一看就是新人，肯定什麼都不知道。他們，是東方傭兵團第十隊的人，那個說話像惡霸的女人，是第十隊的副隊長溫柔柔，脾氣不好、個性霸道，最討厭別人不聽她的話。」

溫柔……柔？

沐沐和流星兩人表情同時一頓，同時抬頭再看女傭兵一眼。

這名字、這風格，再一次證明，人可以有多「名不符實」這件事。

「我們團的營區在這邊，另一邊就被他們包了，我們跟他們關係不好，你們只有兩個人，夾在中間，很不好混的呀。」大胡對這個小子和另一個更小的小子的實力，完全沒有任何信心。

黃鎧傭兵：「……」我微笑，不氣不氣。

但、是，這坨二胡能不能說話別這麼白，沒看到旁邊那個女人氣得臉都發青、表情兇惡了嗎？

「傭兵公會的人說，只要是空的營區，傭兵就能租住。」流星沒開口，但是沐沐說話了。

而且她覺得，比起他們兩個人，這兩個小隊碰在一起，更有那冤家路窄的感覺。

大胡一聽這聲音，則是抓抓頭。

不是小子，是很嬌軟的小姑娘音啊！

好像不能對她太粗魯，畢竟不是每個女人都像溫柔柔。

「話是這麼說沒錯，但是你們選的這個位置，我們要、那個女人也想要，要是打起來，你們兩個看起來這麼弱……」不經打啊。

大胡不只話說得耿直，心裡還耿直地想，聲音這麼嬌滴滴的小姑娘跑到這裡來當傭兵，真的太不知天高地厚了。

黃鎧傭兵一聽，嘴角忍不住抽了抽。

大胡，就算對方看起來很弱或是真的很弱，也不要隨便就說出來啊！很招人恨的。

重點是，看起來弱，不一定就真的弱啊。

有這麼耿直的伙伴，黃鎧傭兵簡直要操老一顆心。

「沒關係，我們不怕別人打架的。」小姑娘笑咪咪的。

黃鎧傭兵訝異地看了她一眼。

「會打到妳的。」大胡很認真地說。

「打不到的。」她搖頭。

「為什麼？」大胡問，黃鎧傭兵也很好奇。

「因為我會先打趴她。」她也一臉認真地回道。

大胡、黃鎧傭兵：「……」

這兩個個性不同、思考模式不同、行事風格也大不同的男人，罕見地表情同步了。

嘴角抽抽。

黃鎧傭兵覺得，他家耿直大胡有伴了。

這小姑娘不只耿直，還很招人想揍她啊。

「哼，好大的口氣！」溫柔柔瞄了她一眼，覺得沒必要跟這個沒眼力的小身板計較，她的目標放在「敵人」身上。「這個營區我東方傭兵團要了，你們讓不讓？」

「不讓！」黃鎧傭兵還沒開口，大胡就回道。

「不讓，我就打到你讓！」溫柔柔話不多說，拳頭一握，挾著風勢就揍過去。

「來得好！」大胡等她很久了，整個人跳起來，同樣一拳迎過去！

「砰」一聲。

兩人硬碰硬，都被拳頭的反作用力震退兩步，但是兩人一點都沒停，反而像很熟彼此的招式似的，揮拳再上。

沐沐注意到溫柔柔出拳的時候，她身上浮現了魂師印，亮出三星一角。

一星天魂師。

明明拚力氣又打得野蠻，結果她是魂師，不是武師。

另一個大胡，就真的是武師了。

兩人拳對拳、力氣對力氣的對轟，轟得周圍的人不得不退開，讓出空間給他們打。

不過，這一點也沒有影響那兩個在烤肉、喝湯的人，而且負責烤肉的流星，還很準確地掌握住火候最佳的時間，一串烤好就換上另一串，拿出短刀咻咻咻幾下，就把烤好的肉分成兩盤，一盤遞給身邊的人。

「謝謝。」沐沐接過，用叉子叉起肉來，吹一吹就開始吃。

流星把另一串肉上好調料，才開始吃自己的。

黃鎧傭兵：「……」這兩個人是不是太淡定了點兒？

而正在打架的兩人雖然看起來勢均力敵，但是大胡並沒有使用武器，招式上守多攻少，很顯然並沒有出全力。

溫柔柔當然看出來了，火氣頓時又大了，出拳更狠了。

「你不出全力，是看不起我?!」

「贏了妳又沒有飯吃，能省點力，就省一點啊。」大胡非常老實地回道。

溫柔柔怒。

「你混蛋！」她氣得魂力一提、魂師印浮現，全身覆上一層淺灰色的鎧甲與手套，一拳轟出去。

「砰！」

大胡一時不防被打得飛出去。

又立刻飛回來，哇哇叫——

「妳這個瘋女人，真打啊！」

「打的就是你這個臭混蛋！」溫柔柔再轟一拳，大胡及時一閃身。

「轟！」

掌風轟到地面上，煙塵亂飛後，就是一個凹洞。

大胡一看，再度哇哇叫——

「妳這個女人是想殺人嗎？我沒出手不代表怕妳，妳再亂來別怪我不客氣了。」

不想白白浪費力氣打架不代表怕事，別欺人太甚！

「哼！」結果脾氣比他更不好的溫柔柔，只給他這個字。

大胡也怒了。

「定天一槌！」話聲落下同時，一顆比成人更大的鐵槌一掃。

「噗……」溫柔柔就算及時收拳退開，也被鐵槌揮動的勁風掃中，整個人震盪得噴出口血。

沐沐和流星一看到鐵槌出現的同時，兩人立刻就抄起烤肉、盤子、湯鍋和碗往後退開。

然後看著鐵槌砰聲落地，直接把地面砸出一個大洞。

也砸掉他們的火堆和營帳。

「副隊長！」東方傭兵團的團員們趕緊扶住踉蹌的溫柔柔。

「上！」溫柔柔一聲令下。

「等等！」黃鎧傭兵喊住，「溫柔柔，妳想清楚，這裡是傭兵公會的營地。」

為了搶營區單人對決還可以，要是他們兩團的人全打起來，公會的人可要來了。

溫柔柔不得不先忍下怒氣，然後也看見營區被砸出一個大洞，現在根本不能住人了，搶到營區也沒用。

「哼！這一槌，我一定會討回來。我們走！」雖然吐了血，不過傷不重，溫柔柔特別瞪了大胡一眼，然後帶著人轉身就走。

「我哼！」大胡也哼回去，把鐵槌收起來後，露出一個「嘿嘿嘿」的得意表情，然後一回頭……傻眼！

難怪溫柔柔那個女人那麼乾脆就走人了。

營區的地面被砸出洞、營帳火堆什麼的也垮了，這個營區也不能用了，還搶來幹嘛？

「唉。」把剛才搶救的食物收進儲物戒裡，沐沐看著倒地的破落帳篷，深深嘆了一口氣。

這一口嘆氣，讓大胡心虛了。

「這個……是意外，我不是故意的。」雖然脾氣不好、直來直往、說話行事有點暴躁，但是他大胡，絕對是個是非分明、負責任兼有良心的人，不欺負小朋友的。

他自己砸的地、破壞的東西，他認的。

「嗯。」沐沐同意。

「那……」大胡直接看向黃鎧傭兵。

黃猴子，救命！

黃鎧傭兵也是深深嘆了一口氣。

他們太陽傭兵團是講道理的，破壞了別人的東西，補償也是不能避免的，他很認分地替伙伴善後：

「很抱歉打壞了兩位的營帳，如果不嫌棄，今晚請到我們的營區過夜吧。」當傭兵的，講話也要有禮貌。

「那就打擾了。」沐沐同意。

「我的帳篷給你們休息。」大胡立刻說道。

黃鎧傭兵瞪了他一眼。

別以為他看不出來，好幾天沒打架，大胡早就手癢了，遇到溫柔柔還不趁機打一場？

結果現在要賠人家兩個帳篷了。

他們小隊不富有，不能浪費錢的知不知道?!

大胡望天，裝無辜。

「你，留下來把這裡弄好。」愈看他愈生氣，不看也罷！

黃鎧傭兵說完，就帶著其他伙伴和沐沐、流星，一起回他們第十隊的營地了，把大胡一個人留在原地。

大胡傻眼。

然後公會的人來了，眼神不善地看著他。

大胡默默回頭，開始翻土填坑……

◈

回到太陽傭兵團的營區，黃鎧傭兵帶著兩人在其中一個營火堆旁坐下，為雙方簡單介紹——

「沐沐、流星，這位是我的小隊的隊長，其他一二三四五六七是我們小隊的成員，我叫黃天印。」黃鎧傭兵終於把剛才被大胡打斷的自我介紹給補上了，然後對隊長說：「剛才遇到東方傭兵團的溫柔柔……」

隊長聽完，點點頭。

「抱歉破壞了你們的營區，兩位今晚儘管在這裡住下，別客氣。」說完，隊長特別叫了兩位團員，去架好兩個單人帳篷。

「多謝。」流星也不客氣，接受對方的好意，也把自己剛才拿出來的烤肉回請。

有了肉，團員們立刻拿出酒，開始熱鬧地吃喝起來。

「不用客氣，流星小兄弟，我先敬你一杯！」話才說完，那不是喝一杯，而是整瓶拿起來灌——爽快！

「喂喂，一杯怎麼變一瓶？」他都還沒喝呢！

「我高興啊。」高興的時候，就是要酒一整瓶喝。

「高興什麼？」

「高興流星小兄弟沒有把營區讓給東方那群女人啊。」他又灌了一大口酒，爽快。

「嗯，這值得喝一杯。」坐在他旁邊的伙伴，馬上也高興地喝了一杯。

「大胡呢？」有個團員東望西望後，沒看到人，問道。

「地面被砸了個大洞，你說呢？」

「噗，哈哈哈。」問話的傭兵當場大笑，「又來了啊，哈哈哈，砸地不是個好習慣，大胡怎麼老是學不乖？」

「要是學得乖，還是大胡嗎？」旁邊的傭兵回道。

「說得對。」哈哈哈。「我們趕快喝酒吃肉。」不要留給他。

「身為伙伴，要有同伴愛……」雖然是這麼說，但是這喝酒吃肉的動作一點兒都沒有慢，還更快了。

「喂喂，不要一邊喊著同伴愛一邊愈吃愈快啊！」這絕對不是在為大胡說話，而是搶得不夠快，所以叫別人吃慢一點。

「餓啊……」肚子的反應是最真實的，同伴愛，現在哪有肚子重要？

「沒良心啊……」感嘆了一聲，繼續吃肉和酒，一邊不忘招呼，「流星，吃快一點，不然肉會被搶光的。」

「好的。」看著很靦腆的流星，在眾人的搶食下，硬是搶回自己烤的肉，然後給沐沐。

沐沐接過後，拿出湯繼續煮著喝。

看著她是小女娃、又一副還沒成年的模樣，傭兵們沒有讓她喝酒，但是流星就不一樣了。

「要一起喝過酒、吃過烤肉，才是傭兵的好朋友，乾！」附帶動作——一瓶酒灌完。

流星只能喝了。

「好！」傭兵團們對他頓時又更熱情了，勾肩烤肉喝酒配聊天，連同隊長都一起。

黃天印則坐到被「冷落」的沐沐身邊，特別解釋道——

「他們不是故意要冷落妳，實在是……一群大老爺兒們，不太懂得跟女娃子相處，不是在排斥妳，妳千萬不要見怪。」

「不會。」她端一碗湯給他。

「謝謝。」黃天印接過湯，喝了一口……咦，好好喝！

小女娃傭兵的手藝，可以在鎮子裡開飯館了。

「我們在這裡吃吃喝喝，不管大胡可以嗎？」有個喝酒灌到一半的伙伴，良心浮出來一點點。

「沒關係，大胡回來就是唉一唉，習慣了。」黃天印揮了揮手，一副習以為常的模樣。

這句話，不管是正在喝酒還是吃肉的傭兵伙伴們，都齊齊點了一下頭，繼續喝酒吃肉大聲笑。

沐沐：「……」表情有點兒一言難盡。

習慣？

是大胡的伙伴常幹這種事，所以同隊的伙伴們都習慣了大胡的掉隊——趁機快吃光他的肉喝光他的酒？

還是大胡習慣自己那份肉和酒被吃掉，然後唉唉叫？

「黃副隊長……」

「不用叫得這麼生疏，我應該長妳很多歲，不介意的話叫我一聲大哥就可以。」黃天印豪爽地說道。

「黃大哥，」沐沐從善如流地喚了一聲，「你們和東方傭兵團，是不是關係不太好？」

「這個嘛……」箇中內情與恩怨有點複雜，黃天印想了想，決定用一句話解釋：「老大和老二之爭，很難平息的。」

意思是，第一傭兵團和第二傭兵團的名聲和實力之爭，每次遇上不打一架就不算完？

沐沐理解地點點頭，不過……

「可是，那位溫副團長看見大胡好像特別生氣？」

「這個嘛……」換黃天印的表情有點兒一言難盡了，「雖然性別不同，但是個性和行事風格很像，脾氣有點暴躁、每天總想找人打架，他們兩個打多了，我們家大胡嘛，贏的次數多了那麼個好幾次……」攤手。

剩下的自己可以意會吧！

「原來如此。」沐沐又理解了。

但是有一點要特別聲明——

「雖然吵架、打架兼不和，不過我們太陽傭兵團是愛好和平的好傭兵，不是生死鬥和有大仇，不會把人往死裡打的。」黃天印覺得，他們傭兵團的宗旨真的很善良，混佛系的啊。

但沐沐很懷疑地看著他。

「身為傭兵，這麼手軟好嗎？」

「這只限於平常，做任務和搶戰利品的時候除外。」黃天印的腦子還是很清醒的。

這才對嘛。

「不過，我還是覺得有哪裡怪怪的……」沐沐嘀咕著，黃天印聽見了。

喂喂，小妹妹不要想太多、那麼敏感啊！這樣黃大哥我壓力很大的。

傭兵團和傭兵團之間有「恩怨」很正常，但有「情仇」……恥度很高的，臉皮厚如黃天印，也是覺得不好意思說的。

為了不尷尬，他立刻使出一招——打斷別人思考的最好方法，就是轉移話題兼問問題。

「沐沐小妹妹，你們是從哪裡來的？」

「中州。」直接忽略掉讓人聽了會抖了抖雞皮疙瘩的「小妹妹」三個字，沐沐回道。

「中州?!」黃天印眼神亮了下，立刻連珠炮地問：「那中州不久前發生的大事妳知道嗎？陰家家主真的死了？被端木家的九小姐殺了？端木九小姐真的從廢材變天才了？她長得什麼樣子？是個什麼樣的人？聽說她才十幾歲，能殺死晉級神魂師的陰家家主，難道她已經神階了？太不可思議了，她是不是中州第一天才、打遍中州無敵手了？」

咳。

沐沐差點嗆到。

流星也轉頭過來看了她一眼，一收頷，忍住、沒笑。

「陰家家主……應該是死了，端木……九小姐並不是神階，其他我就不知道了。」沐沐保持鎮靜，「我和流星剛修練出關，不太知道其他的事。」在神遺山谷裡躲……不對，是修練了兩個月，對中州的情形他們的確沒有太了解。

她這可不算說謊，只是掐頭去尾換重點而已。

黃天印顯然也沒指望能聽到什麼內情八卦，就是順口問一下而已，沒聽到八卦也不算太失望。

「真可惜，本來還想多多知道一下端木九小姐的事呢……」廢材變天才、殺死神階，簡直就是平凡傭兵們的偶像，勵志的最佳故事啊！

感嘆了一下，他又問——

「就你們兩個人，怎麼會跑來這裡？」雖然中州和東州相鄰，但是特地跑到東州來……歷練也不必跑這麼遠吧？

除非是，離家出走。

沐沐無視他那一臉八卦樣，「為了賺金幣。」握拳！

一旁聽到的太陽傭兵團第十隊的成員們：「……」這答案真是直接，比他們傭兵還實際啊。

隊長先笑了出來。

「說得好！」

要不是為了賺金幣，他們也不會在這裡。

當然，如果能抓到魔獸，或是得到其他收穫，就更好了。

「就你們兩個人來，沒有接受任何人的招攬、任務，或其他同伴？」黃天印不是不相信他們，只是習慣性問得仔細一點，免得他們小隊無意間又惹上什麼人或是麻煩。

倒不是怕，而是就算真惹上什麼人，至少也得知道怎麼惹上的吧！

另外，為什麼用「又」？

那是因為，這年頭當傭兵的不惹個事，還能叫傭兵嗎？

為了一句話、一口酒、一口飯的，惹事的機率不要太頻繁。

就像剛才，他們家大胡也是一言不合就跟「老對頭」開打了啊，一個不小心還打贏了……讓對方惱羞更怒了真是不好意思。

「沒有，我們就兩個人。」沐沐回道。

黃天印想了想。

「那明天行動的時候，你們兩個不要離我們太遠。」這樣還能照顧他們兩個一下。

「謝謝你的好意。不過，你們應該有自己的任務吧？」

「有，不過多你們兩個人，沒問題。」黃天印笑咪咪地說道。

他們的任務，可不是衝到最前面搶神獸，只是負責盡量解決那些在山谷外圍的魔獸。

戰利品算自己的，還有酬勞可以拿。

「東雪城的人一向很大方，給酬金的時候也很爽快。」是他們首選的僱主人選。

「東雪城……」沐沐回想了一下，「我們好像有看到他們的營區。」

她還想起來在小鎮門口看見的，傭兵公會的人迎接各大城代表的那一幕——大家都不忘找幫手啊。

「不只東雪城，另外還有東海城、東明城、東林城、東岩城，東州五大城都有人來，其中又以東海城和東明城來的人最多。」不過，東雪城出動的都是精英，總體實力足以抵過數量。

這五大城加上傭兵公會的營區，不算上其他小型的營地，已經差不多把兩個山峰之間的山谷圍起來。

「傭兵公會的人也很多呀。」一點都不輸給其他城的人。

「傭會公會雖然也會參與神獸的事，但是不會強制傭兵團都得聽令，對於所有傭兵與傭兵團，還是以發任務的方式徵求同行的幫手，我們還是可以自由選擇僱主的。」

不過接受僱傭，也表示這些傭兵團自動放棄參與神獸的爭奪，途中的任務和所得，則看雙方的僱傭約定。

「你們要幫東雪城搶神獸，那我們就是對手了耶！」

「這個……」黃天印一時被噎住。

雖然仔細想想，她說得沒錯，但是這麼高興開心的語氣是怎麼回事？

「黃大哥，你放心，如果真的遇上，我不會手下留情的。」沐沐一臉嚴肅地說道。

黃天印又無語凝噎了一回。

「這種時候，妳不是應該努力拉攏交情，然後讓我們徇私放水的嗎？」不是他自誇，他們這一隊的綜合實力，還是挺不錯的。

反觀他們兩個。

一個，沒有魂力波動，看起來武力也不像多高的樣子，弱弱的。

另一個，雖然看著沉默了點兒，隱約感覺著，實力是不錯的。但是這一弱一強的只有兩個人，怎麼看都不像想搶神獸應該有的戰力配置。

別說神獸了，就光說遇到他們這一隊人，流星能不能贏都是個未知數，更不要說其他還有五大城和更多傭兵團的人了。

沐沐小妹妹真的不巴結一下嗎？

「那你會放水嗎？」沐沐從善如流地問道。

「當然不會。」黃天印嚴肅臉。

他們可是很有傭兵道德的，接了任務就要盡力做好。

「黃大哥真無情。」沐沐嘆了口氣，但是對他一笑，「不過黃大哥放心，雖然你這麼無情，但是之後如果遇到你有危險，我和流星還是會救你一下下的。」就當是接受他們今晚招待的回禮。

「妳，救我？」黃天印忍不住噗地笑了一聲，「算啦，妳還是好好保護自己吧！」

這個時候，他完全忘記不久前才在心裡腹誹，教訓大胡不要以貌取人了，現在他心裡的想法就是——

這麼弱還想保護別人？沐沐小妹妹真是……謎之自信哪！

第四章　魔獸盤踞的山谷

入夜。

整座山峰裡的人聲漸漸變小，然而一簇簇營火、閃閃爍爍的光芒，與三三兩兩守夜的走動人影，卻將整個山腰連成一片。

這邊靜寂了下來，然而，三百里外的山谷，卻不斷傳來各種聲響。

「呦嗚，呦嗚……」

「咰咰……」

「吱……吱……」

「哞……」

「喔嗡……」

儘管與營地距離至少百里，但魔獸們的叫聲仍然一聲聲傳過來，此起彼落，伴隨著偶發的地面震動，一整夜不曾停息。

愈接近天亮，魔獸的叫聲不但沒有停息的趨勢，反而愈來愈大聲，似乎有一種焦躁感。

以修練代替休息的沐沐在帳篷裡睜開眼，披上斗篷後，在天色微亮時走了出來，才發現起來的人已經很多了，而且幾乎都在觀看同一個方向。

「沐沐。」一看見她，流星就走到她身邊。
「是不是有狀況……」話還沒問完，就聽見一聲——
「哞！」號角聲。
所有還在營帳裡的傭兵們全都以最快速度跑出來，並且兩三下收掉帳篷、滅掉火，然後與自己的同伴會合。
黃天印大踏步走過來，很快地說道——
「山谷情況有變，我們必須立刻出發，如果你們不和我們一起走，那就在這裡分別了。」雖然昨天晚上沐沐就拒絕了，不過他還是再確認一遍。
「我們再留一會兒，祝黃大哥你們一切順利。」
「你們也小心，下回再見。」黃天印點點頭，轉身點好人，跟著隊長就立刻出發。
不只是他們，其他太陽傭兵團所屬的各小隊也紛紛出發，有用飛的、也有乘獸的、快走的。
營地裡其他傭兵團的人凡是有接任務的，也一個接一個動作快速地拔營、啟程，不一會兒，占據一半山區的偌大營地，就剩下零落落的幾組人，各自之間都離得很遠。
遠處的獸吼聲不止，沐沐和流星收拾營帳後沒有往雪五峰的方向走，反而轉身向上，很快到達高處。
望著充滿魔獸氣息的山谷，沐沐瞇起眼。
「他們是說有神獸或什麼與神獸同等級的寶物要出世，對吧？」
「嗯。」流星點頭。

「你覺得是嗎？」

「不知道。」魔獸聚集一定有原因，但是究竟是什麼原因……他又不是魔獸，怎麼會知道？

至於他的契約獸——在睡覺，想問也問不到。

「吼吼！」

「嗷嗷！」

「唳……」

「砰！砰！」

魔獸的叫聲持續，整群魔獸的移動，讓地面的震顫愈來愈明顯。

沐沐看著天色。

魔獸聚集的那個方向，比這裡的天色更暗一些，空中的雲層以緩慢的速度在凝聚、漸漸積厚……

「我們不過去嗎？」流星記得，她是要搶神獸的。

「不。」她直覺搖頭。

「不？」去得太慢她不怕搶不到？

「不急，我們先吃早餐吧。」沐沐突然轉過頭來，笑了一下，就拿出鍋具、烤具，以及麵糰和菜肉。

流星：「……」這麼悠閒一點都不像是來搶神獸的啊！

但流星還是坐下來了。

跟隨了她，就相信她。

兩人開始準備早餐、悠閒地吃早餐。

「兩位小友好興致，老夫可以加入嗎？」無聲無息間，一名精壯的成年男子來到他們身邊。

等他出了聲，流星立刻抬起頭，眼神警戒。

他完全沒有發現到有人接近！

現在距離這麼近，他也沒發現這個人身上有任何威壓的氣息，平凡平淡得宛如一名不曾習武的普通人。

「請坐。」沐沐抬手致意。

男子看著她，就坐了下來。

「沐沐……」這個人很危險！

「沒關係，他目前沒有惡意。」

「目前？」流星抓關鍵字。

「嗯。」沐沐點頭，「等他有惡意的時候，你再打他就好。」

男子當下無語了。

就這麼當著本人的面喊打，這樣好嗎？

「你們……不敬老尊賢一下的嗎？」他二十年沒出來，難道現在的年輕人已經變得這麼沒禮貌了？

「我有請你坐下。」她有敬老尊賢。

「我現在沒有打你。」他也有敬老。

男子一頓，突然爆出大笑。

「有趣！有趣！莫非老夫是太久沒出來了，所以才不知道東州竟然出現了兩位這麼有趣的小友！」

一個看起來外表大約三十出頭的男子自稱「老夫」……好吧，天魂大陸上成年人的年紀，是不能用外表來評定的。

於是沐沐笑咪咪地回道──

「我們也從來不知道你呀。」別以為我聽不出來你想探我們的底。

「老夫明陽。」男子很乾脆地自報家門了，順便以眼神問了一下，得到沐沐直接遞食物給他的反應。

「老夫」滿意地開吃。

流星一聽名字，立刻想起來。

「東州揚名超過百年的聖武師，大陸頂尖強者之一，聽說他在二十年前就失蹤了，或是閉關了，之後再也沒有人見過他。」現在竟然突然就冒出來了。

「嗯，你不錯。」明陽給他一個讚賞的眼神。

雖然對他這種境界的人來說，二十年不算長，但是眼前這兩個小輩，一個明顯看起來沒有二十歲的就不說了，另一個頂多比二十歲多幾歲，卻知道他，不得不說，他老心安慰。

總是有人記得他呀，總算名號沒白混。

「這麼厲害。」沐沐多看了他好幾眼。

明陽：「……」

通常知道他的來歷和名聲後，接收到的回應，無一不是崇拜與敬佩敬重的眼神。

但這一個，就好奇地看個幾眼……沒了。

雖然吧，他也不是那麼稀罕別人的敬佩敬重，但是來個這麼個平凡平淡的沒反應，還真有那麼一點點不習慣。

「妳對我，就沒有多一點點好奇？」他忍不住問了。

「好奇什麼？」她奇怪地反問。

「聽到大陸強者，妳不崇拜一下的嗎？」明陽乾脆挑明了說。

倒不是一定要別人崇拜他，只是他覺得，要是不說白一點，女娃小友的回答，鐵定會是個教他鬱悶的話。

「這個……」她糾結了一下，「敬佩是有一點，但是太敬佩別人，我家的長輩會不高興的。」師父絕對不會想看到自家徒弟崇拜別人。

再說，神階她都直接面對過了，再面對聖階也就沒那麼多敬和尊了。

至於「怕」，那是沒有的。

「妳家長輩器量這麼小？」

「那倒不是。」不能敗壞師父的名聲，趕緊挽救一下，「只不過長輩在自家後輩面前，總要維持更崇高一點的地位，身為後輩的我，當然不能讓長輩丟面子。」師父不小氣，很大肚的。

「那妳不奇怪，我為什麼出現在這裡？」

「這個嘛……」她做了一個深思的表情，「大概是來看熱鬧的吧。」

明陽一頓，瞬間又大笑。

「妳怎麼知道？」

「猜的。」

「一猜就這麼準？」

「因為……您看起來就不像是一個會循規蹈矩做事的人哪。」所以，哪種可能性最奇怪，就往哪裡想。

「這句話聽起來不像稱讚。」明陽摸著下巴，瞇瞇眼地看著她。

「是稱讚。」她給他一個肯定的表情。

「哦？」不太相信。

「規矩，是留給實力不足的人遵守的，至於像您實力這麼高的人，大概只有您跟別人定規矩，沒有別人跟您講規矩的道理。」

明陽一聽，就笑了。

「妳很機靈。」

「謝謝。」她當稱讚來聽了。

「不過老夫，以前真的是個很講規矩的人。」雖然是黑歷史，但是明陽一點也沒有隱瞞的意思，反而很有聊天的興致，「要不是後來遇到了某個人，發現當時太規矩是件沒道理的事，現在的我大概就不存在了。」

「誰？」人生導師級人物啊。

「一個飄逸出塵、翩若驚鴻、俊雅風流、風采無雙的……糟老頭。」

流星：「……」愣。

沐沐：「……」這形象，有點熟。

這四個形容詞跟後面那個形容真的對得上?!

「妳招待老夫一餐，老夫送妳個提醒——那裡，不要太靠近，最好保持距離。」

「多謝前輩。」她謝他那句提醒。

他回她一個「孺子可教」的眼神。

「好啦！謝謝你們兩個的招待，老夫要走了。」明陽站起來。

「有緣再會。」沐沐也不挽留，就揮揮手，率性的表現，和她細緻漂亮的外表完全不相符。

明陽一笑，身形飄上空，在飛走之前，留下最後一句意味深長的話：「妳的斗篷……挺好的。哈哈。」再會什麼的就不說了，他有種感覺，他們應該很快就會再見了。

明陽一離開，流星就問了——

「那裡，和這個？」山谷和斗篷。

明陽前輩明顯話中有話啊。

沐沐想了想，沒想出個什麼。

「我覺得，他大概沒有惡意。」

「嗯。」他同感。

「那就不用管了。」沐沐倒出一杯褐綠木的汁液加熱，「喝嗎？」

「我要黑的。」流星說完，補一句：「加糖。」

沐沐看他一眼。

「怎麼了？」他說了什麼讓她露出「原來你竟然是這樣的你」的表情？不，詭異的是，他竟然看得懂這種奇怪的表情！

……絕對是近墨者黑的緣故。

難道黑綠木汁液加糖，很奇怪嗎？

「沒事。」沐沐回神，很快把他的汁液也熱好，加糖，遞給他，順便刷新腦內資料庫——

流星，性別：男，好甜食。

註：跟流星沉默寡言的個性、低調的作風，以及乍看易忽略但其實很有個人俊挺特質的外表不太像。

就在兩人還悠閒地繼續飯後飲品時，三百里外的山谷，突然爆出更瘋狂的獸吼，以及衝刺的人聲。

「吼！」

「殺！」

「嗡……」砰！

衝突開始了。

沐沐抬頭看過去。

空中的雲層，似乎更密集、更厚重了。

空氣中，有一種壓抑與危險的感覺。

魔獸更加躁動不安。

「不太對勁。」流星傾聽山谷那裡傳來的聲響後，說道。

「神獸消息、神階以下魔獸群聚，什麼情況，會連天色都變了？」沐沐指了下那方的天色，提問道。

流星立刻看向天空，然後神情被驚了下。

又立刻看向她。

「妳早就知道?!」

「一開始是覺得，不用太早過去。」他們就兩人，勢單力薄的，衝那麼快豈不是趕著去當炮灰？

後來嘛，實在是這種天象……咳，她看得頗有經驗。

「那妳還去嗎？」這情形，明顯不適合參搶啊。

「當然要啊。」

雖然有點危險，但是她都來了，不去見識和參加搶劫一下，多可惜。

說不定，神獸會願意自動奔向她呢！

流星則默默覺得，初認識到沐沐的時候，覺得她是一個早熟穩重又聰慧敏黠、實力強大的少年天才。

……這肯定是錯覺。

她明明是一個會攪和熱鬧、古靈精怪，還帶點唯恐天下不亂的人——雖然只有實力是真的，但還是少年天才沒錯。

所以跟著她，他肯定是上了賊船。

但是，這樣的生活卻比以前在陰家時，必須壓抑、必須低調、時時警惕、提防陷害要好上許多。

就算現在準備和這裡所有人為敵，他竟然也覺得有點期待，躍躍欲試。

這一定是近「墨」者黑的影響。

沐沐雖然捧著褐綠木汁液喝，但神識一直沒有離開過山谷。當她喝完的時候，山谷裡漸漫起煙塵。

「差不多了。」

「嗯。」他也站起來。

儘管腦子裡轉了一堆想法，但是流星的速度一直和她保持一致，她喝完，他也喝完了。

「走吧。」

手一揮收掉所有東西，兩人拉下頭上戴的帽子，蓋住半張臉，身形一躍，飄然落下山腰後，就往前山谷而去。

◈

雪五峰和海一峰的交界處，是一處起起伏伏的小山谷。

平常全是一片翠綠欉木的谷地，現在一眼望去，全被各種魔獸擠滿，密密麻麻，一眼望去，不能盡數。

儘管早在三百里外紮營的時候，各傭兵心裡就有猜測，但這猛一看到，心裡有的發怵、有的發沉。

這數量至少……數以千計，有可能破萬吧！

也可能不止。

在場大多數傭兵，都是第一次看到這種壯觀的景象，不免就被震撼到了。

而感覺到無數人類由四面八方接近，原本朝向山谷深處的魔獸們，立刻轉了方向，以充滿敵意和預備攻擊的狀態，注視著四面八方。

當同樣數以千計，甚至破萬以上的人族出現時，山谷深處傳出一聲長鳴。

「嘶吼……」

一聲響亮的獸鳴後，眾多魔獸跟著起吼，震聲一波接一波，猶如無形的波浪，向四周散去。

連接不斷的魔獸鳴聲形成一股宛如煞氣的震懾，頓時令許多天階以下的傭兵們驚退數步。

「什麼?!」

「呃……」有不少人被震得吐血了。

許多帶隊的小隊長立刻下令——

「天階以下魂師與武師，立刻退出第一線！」

原本排列好的隊形，前兩線人馬立刻對換。

天階在前、地階及以下在後。

魔獸吼出的威壓，頓時被天階魂師與武師們擋下了；吼聲過後，魔獸們緊盯著牠們面前的人類，眼神充滿敵意與殺氣。

傭兵們則抬頭往山谷裡望，忍不住互相交流——

「矮，有看到神獸嗎？」

「沒看到。」他不矮謝謝。

「難道，是沒有神獸?!」

「那應該有什麼天材地寶。」

「可是……也沒看見啊。」

「就算看見了，你也不一定認得出來吧。」發現出聲的不是自家傭兵團的人，他特別嫌棄地瞄去一眼。

「……」說得好有道理，竟讓人無言可反駁。

但是，好氣人！

「那你又認得出來了?!」

「……認不出來。」

哼，所以半斤八兩嘛。

大哥別笑二哥，誰也別想吐槽誰。

「黃猴子，你覺得裡面是什麼？」人群裡，大胡悄悄蹭到黃天印身邊，小小聲地問。

「應該是魔獸。」黃天印想了想後，回道。

「神獸？」

「就算不是神獸，山谷裡那隻的血脈等級一定比外圍的這些高。」沒有主的魔獸，只會聽從比自己血脈高等的魔獸之令。

這麼多魔獸守在這裡，表示山谷裡的，一定是魔獸。

「至於有沒有其他的，就不知道了。」天材地寶，那是要看天時地利和運氣的。沒有運氣，遇到天材地寶了也一樣發現不了。

「可是，魔獸為什麼要叫這麼多魔獸聚在這裡？」大胡不解地問道。

「可能是受傷了需要保護，也可能真有異寶，為免被搶走所以招來這些魔獸幫忙守著……」望了天空一眼，黃天印覺得怪怪的，在心裡考慮了一番後，小聲交代其他同伴：「一旦開打，所有隊員盡量聚在一起，不要分散，也不要衝太快。」

「啊?!」大胡一臉錯愕。

他還想好好打一場，黃猴子這麼說豈不是……等等，這樣好像不符合他們的宗旨啊。

他們是接任務而來的，對任務要全力以赴的呀。

黃天印一看他的表情就知道他在想什麼，很快地道——

「任務要盡全力，但安全也很重要，不是不要拚，而是叫你不要一個人拚命向前衝，都不管其他人。」大胡有前科的，一旦打得太高興就一直衝去了，不管其他同伴的。

現在可不是單獨執行業務，不准他隨便「打著打著就脫隊」。

這時候黃天印也慶幸，幸好跟他們相鄰的傭兵團不是東方傭兵團的人，不然大胡和溫柔柔，現在可能已經先打上了。

「呃……」大胡還來不及替自己辯解，就聽見前方的團長們出聲了。

「注意！」

整座山谷周圍，幾乎被五大城的人承包了，各家大小傭兵團，也幾乎是他們邀請而來的幫手，只有少數是例外。

在這裡，他們必須負責將守著山谷外圍的魔獸解決掉。

「太陽（東方、飛翔……）傭兵團所屬團員注意，各小隊散開呈包圍隊形……

衝！」

「天魂技……」站在前排，各種魂師印同時浮現。

「天武技！」

「放！」

同團天階高手，不分魂師與武師，同時施展天階技能，合招轟向魔獸群。

「轟！」

最外圍的魔獸們，爆出一聲慘嚎——

「呦嗚！」

「砰！」當場無數魔獸，在天階技能合招的轟擊下，瞬間身體炸開、血肉噴飛。

「殺！」

趁著魔獸們還沒回神，排在天階高手後方的團員們，立刻齊心往前衝殺，與魔獸混戰成一團。

「吽！」

「呦……」

「殺……」

即使是混戰、戰況一時僵持，但傭兵團們，卻確實往前推進了一丈，同時煙塵漫飛、血腥味漸漸飄散。

這時，還留在原地或綴在後方原地不動的人，也終於顯現出來。

比起其他藉地掩蔽、縮小自己存在的人，此時還站得直挺挺、分據山谷五個出入口、各據一方的五群人，就特別顯眼。

他們觀看著己方外聘的傭兵們搏殺魔獸的情況，即使血腥味愈來愈濃，煙塵模糊了前方視野，他們臉上的表情，卻沒有任何變化。

以目前的狀況來看，前進最快、殺擒魔獸最多的，還是太陽與東方兩大傭兵團。不愧是東州排行前二的傭兵團，實力平均而且強橫。

至於其他三路，雖然速度稍慢，但戰況還算不錯。

另外周遭那些躲躲藏藏的、想混水摸魚的人，則不被這五群人看在眼裡。

儘管沒有表明身分，但是他們身上，多少都帶著明顯的標誌。

一身多以白色為底的戰鎧，代表的正是東州中，來自位置最北的東雪城之人。

一身煞氣偏重、氣勢逼人的隊伍，是東州中最擅戰、位置最靠海域的東海城。

意態傲然、鎧甲精緻，看起來既富貴又高傲者，是來自東州最富裕的東明城。

最後，來的人馬偏少、行事較為低調、一身天階氣勢卻不容忽視的兩方人，就是所在位置離這裡最遠的東林城與東岩城兩方人。

這五方領隊的人，看起來都很年輕，四男一女，各自按兵不動，卻遙遙對望了一眼。

又看到老對手了，真是……孽緣。

大家都混東州，而且一混這麼多年，各種場合見來見去、爭來搶去，不想見都不行，除了「孽緣」這兩個字，他們也真想不出更適合的形容詞了。

看清了對手、估量了彼此這回的實力，他們的注意力才又回到眼前。

在魔獸前仆後繼的衝勢下，各方傭兵團則各自按照自己的步驟，緩緩向前推進……

五城的注意力都在山谷裡，沒留意到五十里外的一處山峰上，也有兩個身披黑色斗篷的人正在觀察著他們，以及傭兵們的戰況。

在看到幾個見過一次的面孔後，個子比較小的那個說道——

「那些就是東州五大城的人吧。」她記得，在小鎮入口的時候，那幾個臉色傲然、或冷淡的人被傭兵公會的人迎進去。

現在以站的位置看起來，那天去小鎮招攬傭兵的人，大概就是類似像「主子身邊的助手、專門替主子跑腿辦事、算是主子較信任的人」這種等級。

「嗯。」他點頭，「帶隊的，是五城的少城主。」

「哦。」那他們很重視這次的神獸啊。

「這麼多魔獸，並不好打。」他說道，同時估量以自己的實力，可以打到什麼程度。

「他們應該不會打到裡頭。」老天……不給那麼多時間的。

「五搶一。」神獸很搶手。

「應該說，除了我們，至少六搶一。」她糾正。

他想了想。

「妳把那些想撿便宜的人也算上，會不會……」太看得起他們了？

她看著他，幽幽地說：「別忘了，我們也是想撿便宜的人。」之一啊。別以為想撿便宜的就不是勁敵喔。

……好吧。她說得對。

「五城中，你認為誰最有搶贏的可能性？」

「如果沒有意外，大概會是東雪城、東海城，與東明城其中之一。」

「為什麼？」她覺得，東林城和東岩城的人氣勢也不弱啊，應該不會爭不過其他三城。

「比起神獸這種單一性的收穫，東林城和東岩城，大概更想得到多一點財物。」

「喔。」她懂了。

簡單一個字：窮。

所以需要更多物資，無論是修練或生活或其他。

「不過，我怎麼覺得你對東州很了解呢？」明明不是混東州的。

他一僵。

「我曾經在東州歷練過，」他頓了頓，才又低聲地說道：「還有因為……他，出身東州。」

她關心地看了他一眼。

「沒什麼。」他先表示。

「等這裡的事結束了，你去找他吧。」

「不用。」

「我跟你一起去。」

他訝異地看著她。

「如果心有罣礙，必定成念。不能除念，於修練無益。」也許，這也是他明明魂力足夠，卻遲遲沒能晉級的原因呢！

他沉默了下。

「我不知道他在哪裡。」

「……」不能笑。

因為，她也不知道她那兩位從出生後就再沒見過的人，現在在哪裡啊！

「只知道，他可能在北方。」一會兒後，他才補了這一句，好像有點不好意思。

「那就去北方。」她一句話拍定他們接下來的目的地。

「……北方很大。」找一個人，真的像大海撈針啊！

「那很好，可以見識一下，然後碰運氣。」

碰運氣……他默了。

這是不要抱太大希望的意思吧？

「放心，我們運氣會很好的。」她微微笑。

是嗎？

運氣從來不太好的他，一臉懷疑。

「別懷疑，就算你運氣不好，但我運氣不錯的，跟我在一起，可以幫你補運。」

「……」不，他更懷疑了。

「跟著我，要相信我呀。」

想起在神遺山谷時她那場舞……好吧，他有信心多了。

她滿意了。

「不過現在，還是先想辦法搶這一票吧！」

「嗯。」他重重一點頭。

要去北方，也要有充足的路費，他懂！

◈

傭兵們往前進。

魔獸們往外衝。

各種魔獸吼聲與人聲喊殺成一片，掀起無數煙塵瀰漫，空氣中的血腥味愈飄愈散、愈飄愈濃。

明明該是大亮的日中天色，更加昏暗了。

山谷深處，驀然傳出一句低沉而充滿威嚴的命令聲——

「不准讓人類闖進來！所有人類，殺無赦！」

「吼……」所有魔獸應聲。

「?!」所有人都聽見了，呆的呆、愣的愣。

而留在原地、各占一方的那些來自五大城的人一聽，個個神情一亮。

「這是……魔獸的聲音?!」

「開口人言……」

「至少是聖獸！」

「少城主……」所有人看向自家領頭之人。

「冷靜。」

「等。」

「不急。」

「慢來。」

「保持戒備。」

不同的話，意思相同。

眾人興奮的神情頓時一緩。

「少城主，是有什麼不對嗎？」

各城的少城主們的反應不同，有人搖頭、有人不語，然而最後，全都無聲留意著天空的變化。

這情景……莫非……

「隆，隆。」細微的聲音從空中散開來，卻被地面上的魔獸與人聲掩蓋住。

正在衝殺的傭兵團員們，沒有人注意到。

各家少城主們卻面色微變。

難道是……

「少城主？」

五人同時下令——

「守著。」

「所有人，後退兩里。」

「傳令，叫前方傭兵團的人立刻撤退，別再前進！」

「隆隆。」空中聲響，明顯了一點點。

果然是！

少城主們都露出不同程度的淺笑，各自心底都有不同的感慨。

「晉階考驗哪。」

「難怪……」召喚這麼多魔獸。

「看來，這回運氣不錯。」

「可惜，對手不少呢！」還都是老對手。

「真的得搶呢！」要不要拚一拚呢？

前方，部分收到傳令的傭兵團員們一個傳一個，零零散散地在後退。

然而他們後退，魔獸們卻追得緊緊的。

有的不只是追，對於人類也是攻擊過就算，不管人類死沒死，牠們更迫不及待的是……往外衝。

少城主們與其他部分團長們不約而同又抬頭望了一下。

厚重的雲層裡，彷彿閃過一絲閃光。

少城主們的眼皮隨著猛跳了一下。

這東西，不只人怕，獸也怕啊——尤其是實力不足的獸。

「來了！」

「退！」

「轟隆！」

一道藍紫色的閃光，瞬間由雲層中，直劈山谷深處！

第五章　東州五少

山谷深處，驀然傳出一聲嚎叫。

「哞嗚……！」

守著山谷的眾多魔獸，頓時也開始此起彼落地呼叫，踩踏式的擁擠，完全不給任何人往內衝的機會。

魔獸們仍然緊密地守著山谷。

因為剛才魔獸一陣暴衝，造成來不及退開的傭兵們多了不少死傷，因為空中突然降下的雷電，無論是魔獸與傭兵，都同時撤回原本的位置，回到原來對峙的狀態。

只是，空氣中的血腥味與躺在地上的魔獸和人，都在在表明了剛才經歷的廝殺，有多激烈。

魔獸們沒有太多思考，但是失去同伴的傭兵們卻怒火高張，恨不得立刻再殺進魔獸群，為同伴報仇。

但是空中傳來的聲音，卻讓他們不敢輕易亂動。

「隆隆隆。」

第二次雷電，完全沒有給人反應的時間，在隆隆聲響之後，立刻直劈而下。

「哞嗚！」

山谷深處再度傳來一聲疼痛的嚎叫。

「這，難道是傳說中的……」年輕的傭兵們都聽說過這種情況，但完全沒見過。聽說這情形難得一見，莫非他們正在見證?!

「雷劫。」老傭兵們肯定地回道。

年輕傭兵們一陣興奮，但是忽然想到……

「所以，這是……聖獸，度過雷劫後，變神獸？」

「應該是。」還不知道在裡頭的是什麼樣的魔獸，所以不能確定。

「可是如果聖獸要度晉級雷劫，牠也可以命令別的聖獸來幫牠護守嗎？」又有年輕傭兵問。

「你忘了，還有血脈。」魔獸之間除了等級，更有血脈的區分。

這隻聖獸能呼喚好幾頭聖獸來，血脈不低啊。

這表示……他往後看了一眼。

五城之間的爭搶，會更激烈。

「轟隆！」

「哞嗚！」

第三道。

「轟隆！轟隆！」再連兩道後，空中的雲層突然翻湧得更急，雲層中雷電的光芒不時閃動。

五城的人一看，所有人不自覺後退了一步。

只有各城的少城主留在原地不動，個個緊盯著雲層的變化。

突然，一道有如樹幹粗的深藍色雷電，毫無預警地一閃劈下！

「轟隆！」

幾乎是同一時間，隱在山谷深處的魔獸，也探出了一點身影，像是在直接迎向雷擊。

「哞……嗚……」

魔獸最後一聲哀鳴，震盪整座山谷後，牠的身影瞬間直落地，雷電也在眨眼間消失！

翻湧的雲層似乎瞬間停止湧動。

「走！」

五方的少城主同時一動，縱向空中。

白、青、烏、金、赤，五種衣飾顏色，在空中劃出五道虹影，掠進山谷。

魔獸們一看，竟然有人敢飛進來，立刻怒了，群起躁動，發出各種天賦技能攻擊。

「吼吼！」

「哞！」

「呦嗚……」

「轟……」

但五城少城主各自展現不同方法，迅速閃避掉攻擊，繼續飛掠向前。

「攔住魔獸！」

「不許牠們妨礙少城主！」

「殺！」

五城人馬終於出動。

傭兵們再度齊衝向前，還有許多剛才沒有出手的隊長、團長級傭兵們同樣飛掠向前，在空中擋下魔獸攻擊，不讓牠們阻礙五位少城主。

這才是傭兵團真正的任務。

◈

不理會身後的殺吼衝天，五名少城主，幾乎是同一時間到達山谷深處。

被魔獸群圍住的區域，是一方小湖泊與方圓近百里的空曠之地。

一直沒有人看見魔獸，終於顯形。

那是一條身形足有一丈寬，頭呈三角，前額生出觸鬚，滿身有著繁複角紋，半身陷在湖泊，目測不出身長的魔獸。

此刻，牠一身皮開肉綻，身上猶有電絲閃動，整條身軀趴在湖泊邊，一動也不動，氣息幾不可聞。

五名少城主在空中定影後，徐徐而下，分別落在湖泊周圍。

身姿飄然、雄姿颯颯。

看起來就是身分很貴氣，實力很不凡的樣子。

就在他們抵達前，原本在後方山丘上的兩道身影，已經悄然潛形而至，看著五人到達。

她放開神識，大約感覺得到，這五個人就算還沒有修練到聖階，也接近聖階了。

這實力，不比中州各家族的天少弱啊！

「竟然是……雙鬚土龍……」

非蛇、非蛟、非龍。

在長身地行魔獸中，是實力最為強悍的一種。

血脈等級勝蛇，似蛟卻不及龍，但又無法如蛟般有機緣能血脈進化，成為真正的龍。

重點是這類魔獸數量很少，性情兇悍、極為桀驁，幾乎沒聽說有魂師能成功契約牠。

「果然是神階魔獸！」不好抓也不好殺的那一種。

「牠這是……過了，還是沒過？」

一動不動地，像是死了，但即使氣息幾不可聞，他們仍然習慣謹慎。

須知，重傷或瀕死時的魔獸反撲的攻擊力，是最強的。

這麼一條實力無限接近神階的魔獸攻擊，他們完全不想嘗試。

擋不了攻擊受傷事小，被暗算了則丟臉事大。

「那個是……」

原本應該澄澈的湖水，雖然因為雙鬚土龍的攪和而變得混濁，但隨著土龍的一動也不動，湖泊表面的湖水漸漸澄清，就看見了慢慢從水底浮出的兩顆根枝相連、淺金色、有如幼兒拳頭大小的東西。

「神元果！」異口同聲。

他們沒看錯?!

細看根枝，這串應該有六顆並生的，但是其中四根枝是空的，表示已經被吞食掉了！

五道眼神同時對土龍投去譴責的一眼。

浪費！

等等……不對！

平靜的湖水，怎麼會有東西浮上來?!

不，湖水不是靜止的，而是正在淺淺地晃動！

原因是……

「牠在動！」

「牠還沒死！」

兩句驚呼後，五名少城主立刻提升警戒，一邊緊盯著雙鬚土龍，一邊出聲互相詢問——

「各位，有什麼想法？」

「依過去慣例，各憑本事如何？」

神元果，誰搶到算誰的。

雙鬚土龍，誰生擒，算誰的；若是擊斃，歸最後一擊之人。

「可以。」

「沒意見。」

「同意。」

一身白衣的男子沒有出聲，反而抬手便揮下一擊。

「你竟然偷跑……呃?!」指責的話半途噎住。

因為，白衣男子確實先出了手沒錯。

但他不是攻擊土龍，而是阻止那條土龍……沒錯！在他們緊盯的情況下，那條土龍竟然猛地張口要吞掉神元果。

即使白衣男子的反應夠快、出招夠及時，只見一道憑空而現的冰箭朝土龍射去，卻還是慢了一瞬間。

兩顆神元果，只保下了一顆，另一顆已經完全被吞掉了！

神元果入口，立刻融化，就見雙鬚土龍身上的諸多傷口、燒灼的身體，瞬間癒合大半。同時，神階的威壓立刻鋪散開來，壓制了離牠最近的五名少城主，同時讓四周的魔獸和正在進攻的傭兵們都受到壓制，差點沒半趴在地。

五名少城主憑著實力和身上的裝備，勉力撐住了，但是個個臉色都不好看，甚至有受內傷的跡象。

這時候他們也明白了。

雙鬚土龍在受雷劫時並不是故意省著吃，而是留著這兩顆，就為了能在度完劫後迅速恢復傷勢，免得被偷襲。

真是一條……深謀遠慮的土龍！

而他們五個，在這一刻深深感覺到自己的智商被輾壓了。

雙鬚土龍開口——

「你們五個小蟲子，夠有膽。」對擁有比人類大數十、數百倍大身軀的雙鬚土龍來說，人類，的確就只有蟲子樣的大小。

五人警戒，沒有回應。

「敢打我的主意，那就作為我晉級的禮物吧！」說完，土龍一甩身，尾巴甚至沒從湖泊裡出來，整座山谷便重重震動了下。

「是地震！」

「穩住！」

「小心！」

「吼……」

整座山谷，就只有飄在空中的五人不受影響，但是剛才還慶幸自己沒趴倒的魔獸與傭兵們，這次真的趴下或跌倒了。

就連隱在暗處的兩人，也差點沒穩住而顯身出現。

但是土龍沒給他們反應與商討的時間，只無聲一張嘴。

整個空間像被擠壓了下，又反彈出去，形成一陣無形的震波。

站在空中的五人踉蹌了下，有三人先後掉了下去，其中一男一女迅速移位，站在一起，而沒掉下來的兩人同樣受到影響，往下跌落在不同的高度。

目前所在位置最高的白衣男子隻手一張，揚弓、射箭，目標：頭部。

落在地上的一男一女同一時間出招，一道火拳加一記鐵錘，目標是土龍挺起的腹部。

而在較低空中的男子，迅速往下一俯身——想搶神元果的動作，卻被一身青色戰甲的男子攔住。

「嘶吼！」土龍吼了一聲。

無論是弓箭還是火拳、鐵錘，全部在還沒碰到牠之前，就被震開。

「讓開！」

「先對付土龍吧，不然我們所有人都要死在這裡了。」身穿青色戰甲的男子說道，但是一點讓開的意思都沒有。

被攔住的男子也知道，這個時候為了神元果搶起來，對他與其他人一點好處都沒有。

雙鬚土龍——尤其是已經晉了神階的雙鬚土龍，其實力與危險性，比還沒度雷劫之前更大上好幾倍。

「哼……」

男子不甘不願地才要開口，誰知道雙鬚土龍震開攻擊後，隨即一甩身，「啪」地一聲，湖泊裡的水被拍出來，噴向離神元果很近的兩人。

兩人立刻要閃身退開，然而土龍的頭卻繞了過來，長長的觸鬚猶如長鞭，朝想搶神元果的男子捲來。

男子一見，反手就是一道藍色火焰。

「嘩……」

這火……危險感！

土龍的觸鬚甩頭就收回，火焰撲空落地後，瞬間將剛才溢出的湖水燒乾，還燒黑了湖邊的土地。

男子反擊出火焰後，看也不看土龍，足下快速一移，眨眼間退開到安全距離外，以沉穩的姿態落地。

衣袍一點都沒有亂，還是那麼貴氣逼人。

同時退開的，還有其他四人。看到這一幕，四人中唯一的女子簡直要翻白眼了。

「做作！」一臉嫌棄。

和她站在一起的男子一臉無奈。

「華兒……」

「兒你個頭！我叫岩華！岩華！」抗議！本少城主是你可以用那種像叫弱女的叫法叫的嗎?!

給我正經點！

「華兒，不要這麼扭。」他配合，一臉正經樣。

「林燁，你找打是不是？」敢給她裝傻?!

她兇兇地舉起大錘。

「我們兩個，」手指她、指自己，再指某人，「要內鬨給別人看嗎？」

那個「某人」，真是指得太湊巧了，湊巧的是她最看不順眼的那一個。

兇怒的岩華表情一頓。

當下，大錘不對著他了。

但是別以為她看不出來他這「轉移焦點」的招數！

「不准再那樣叫我。」她警告。別以為被轉移了焦點她就真的會忘記。

「這個……」有難度啊。

他私心，多愛這種叫法啊。

「嗯?!」兇瞪一眼。

「咳，我盡力。」雖然兇瞪，但是，可愛。

「還有，我們沒什麼『內鬨』。」

「嗯嗯。」這個他絕對同意。

「是我們不是『內』。你是你，我是我，懂嗎?!」她強調。

「比起那個、那個、這個，我和妳，是『我們』、是『內』沒錯。」他一臉正氣浩然地說道。

這麼說，也沒錯。

五城的關係，可沒有看起來那麼平和。比起其他三城，他們兩城的關係的確是比較好一點。

但是她怎麼就覺得哪裡怪怪的？

「好了，現在我們還有難題，其他的之後再聊。」他立刻將兩人的注意力，轉向那隻土龍。

白衣和青鎧男子：「……」這硬被塞了一口狗糧的感覺。

別以為分站四方，他們就聽不見他們兩個在說些什麼。

利用他們的存在來轉移某女的焦點，某男，很可以啊！

「這傢伙，是料定我們現在沒空破壞他的好事嗎？」青鎧男子說道。

「沒關係，以後扣他禮物就是。」白衣男子突然拿出小本本，在減禮的紀錄上，添上一筆。

青鎧男子：「……」

長得這麼一副仙氣樣的存在，偏偏這麼小氣，他一點都不覺得自己的性格怪怪的嗎？

「你們四個，想死嗎？」那個一身魂器裝備、貴氣逼人的男子，給了他們四個瞪眼。

「東明玉恒，你給我再說一次！」岩華一聽，就炸了。

「妳自己不會看看現在什麼情況嗎？還有空在那裡談情說愛?!」

「不會說話就給本少城主閉嘴，什麼談情說愛？談你的大頭鬼啦！」岩華兇兇地回嘴。

「粗魯！」他都不屑看她一眼，就看向林燁，「你就看上這種？眼光是不是有問題？」

林燁優雅地彈了下衣角。

「有勞東明少城主擔心了，華兒很好。」他保持姿態，假裝沒看到身旁的人投來「姓林的你欠捶是不是」的兇兇眼神。

貴氣男子聽得簡直想不合形象地翻白眼。

誰擔心了？他是根本覺得林燁的腦袋有問題！

算了，這不重要。

「你們自己看一看四周。」

白衣男子只看了一眼。

「神之領域，沒退路了。」

神階對聖階以下的絕對輾壓。

領域之中，實力降三分。

除非神階自動收回領域，或是殺了神階，否則被困在領域裡的人，連想活命都困難。

雙鬟土龍使出這一招，是打算真要他們的命，作為牠晉階的祭品。

「嘶吼！」土龍叫了一聲，發出攻擊。

青鎧男子連忙移動著閃開。

「現在，有什麼主意？」

土龍攻擊青鎧男子一次後，立刻又把目標轉向站在一起的男女。

「咻」一聲，是尾端掃向周圍樹木，飛擊過去。

「砰！」「轟！」

橫飛的鐵錘和轟然一記火焰，將襲來的樹木砸飛的砸飛、燒掉的燒掉，兩人還相偕同時移位。

移了位置，還是在一起。

「我可不是跟著你。」她特別聲明。

「是我跟著妳。」他好脾氣地道。

岩華一口氣憋了憋。

「你就不能讓我高興一點嗎?!」

「妳說什麼都好。」他順著她說道。

「……」覺得更憋氣了怎麼辦？想打人。

「嘩！」土龍的鬚再度朝貴氣男子甩去。

「哼！」貴氣男子再發出一道藍色火焰。

土龍的鬚又被逼退回去了，但隨之尾巴一掃！

貴氣男子縱身向後一倒飛，避開土龍的尾巴後，手中憑空出現一根藍色羽毛，射向雙鬟土龍。

「嘶吼！」雙鬟土龍扭動著避開，順勢半身潛回湖泊。

「土龍攻擊我們一次，卻攻擊他兩次，」岩華轉向林燁，「你看，他果然人品不好，連土龍都特別嫌棄。」

「……妳說得對。」林燁只能贊同了。

內心的感想真是有點兒……一言難盡。

他是不介意華兒的性子，也不在意華兒說什麼，不過……這麼當面說人壞話，很容易得罪人的。

尤其那個人，絕對不是個心胸寬大的人。

唉……以後他得多注意點兒東明城的動態了。

「岩華，別以為妳是女人我就不會對妳動手，有本事，妳把這隻土龍打退了再來說話。」

「你以為我做不到?!」

「呵。」貴氣男子輕嗤一聲，「本少至少讓土龍不得不退開，妳除了躲，還能做什麼?說起來，妳的嘴巴可比妳的實力厲害多了，論這點，本少確實不及妳，甘拜下風。」

岩華皺眉，問林燁——

「他這是在諷刺我沒實力吧？」

「他嫉妒妳口才好。」林燁立刻「翻譯」。

「我不傻，好嗎？」她白他一眼。

林燁摸摸鼻子，覺得這年頭男人不太好做，因為女人——尤其有實力又不笨的女人，真的不好哄啊！

「不過，如果一個男人只能耍嘴皮子來擠兌一個女人，那也很廢啊！」岩華很有見地地說道。

「妳說得對。」林燁立刻贊同。

他從來不擠兌華兒，所以百分百同意這句話。

被忽視的貴氣男子：「……」不想跟個粗魯女計較，但現在他真的有點被惹火了。

「幾位，危機當前，別再聊天了。」青鎧男子說道，擋下了土龍的攻擊，就見土龍攻擊的目標又轉向林燁和岩華，然後是貴氣男子。

要不是沒時間發揮同情心，他都要替土龍感嘆一句「龍生好忙」了。

不過奇怪的是，某人怎麼一直沒被攻擊？

「嘶吼！」

「鏘！」

再一次擋下攻擊後，他直接落在白衣男子身邊。

結果，在攻擊完另外三人後，又輪到他了——沒錯，土龍沒有避開他，照樣攻擊。

但是，「只」攻擊他！

「長歌！」在不得不移動退開的時候，青鎧男子叫了一聲。

白衣男子揮了一拳。

土龍急急後退移位——只見拳風落處，凝結成冰。

然後，土龍一扭身又去攻擊那三個，不管這兩個了。

「牠為什麼沒有攻擊你？」青鎧男子又飛回來，好奇地問。

「這個問題，你應該問土龍吧！」白衣男子無辜地一笑。

身為一個沒有被攻擊、又跟土龍沒交情的人，怎麼會知道一條土龍在想什麼呢？

青鎧男子氣悶。

但就悶一下下，立刻又問道——

「有什麼辦法嗎？」

領域內，他們的實力都受到壓制，雙鬟土龍雖然攻擊他們，但卻是一人一記——長歌除外，而且不是必殺的攻擊，他不得不懷疑，土龍是不是有什麼其他目的？

「有，拚命。」

青鎧男子：「……」忍不住白他一眼。

「我說的是實話。」他明明很認真回答，卻得到一顆白眼，白衣男子覺得自己好無辜。

「你們兩個到底要不要解決牠？」又再反擊土龍一次的男子看著在那邊聊天的兩人，沒好氣地道。

因為土龍沒攻擊他們兩個，結果就專門攻擊他和林燁、岩華。

這就導致他們三個很忙，這兩個很閒！

比起非我族類的土龍，他現在更氣這兩個！

「我們正在想辦法。」青鎧男子特別嚴肅地回道。

他們不是在聊天，是在商量活命的方法，真的。

「那你們兩個……想出辦法了嗎？」身為被主要攻擊的那一個，貴氣男子簡直要咬牙切齒了。

這隻大小眼的土龍，他一定拔牠的鬚、烤牠的肉！

「長歌說，只能拚命。」青鎧男子回道。

身為被交替攻擊、看彼此不順眼的貴氣男子和林燁與岩華，生平第一次內心的想法竟然同調了。

想打他。

「既然要拚命，你怎麼還閒在那裡?!」岩華先炸了。

才炸了一句，土龍的攻擊又到了，岩華被林燁拉著閃避。然後土龍又轉攻貴氣男子了。

青鎧男子頓時覺得太不公平了。

一樣都站在這裡，怎麼只有他被吼，長歌都沒有？

「這個……也不是我能決定的呀。」白衣男子一臉為難，然後鼓勵樣地拍了拍他，「身為男子，就大肚一點吧！」眼神還示意了他一下。

千萬不要學某人，跟岩華計較，很划不來的。

青鎧男子默了下。

「為什麼你都沒被攻擊？你一出手土龍就跑？」他比較想計較這個，別給他裝無辜，他不信。

「大概……土龍怕冷。」很認真地胡扯。

「怕冷？」但是在場聽到的四人，都當真了。

的確。

他們的攻擊之中，只有長歌是冰凍。

至於土龍每次都會被藍色火焰逼退……土龍可沒有因此就不攻擊他呀，反而愈攻愈狠。

由此可見，土龍避開火焰，大概是因為火焰等級高，但牠可沒有在怕的，照打照攻，愈來愈狠。

對照長歌一出手，土龍就閃退的差別……藍色火焰的戰力就是個渣啊！

貴氣男子覺得額際有點抽筋。

這些人的眼神，別以為他沒看出來！

那麼嫌棄的話，自己來打呀！

他的攻擊至少土龍還退躲，林燁和岩華的攻擊，土龍根本是挺身直上硬碰硬沒在怕，讓他們兩個不得不打一次移位一次免得被打死的好嗎！

這樣一比較，誰的戰力才是真的渣啊？

他沒嫌棄他們沒用就該偷笑了！

青鎧男子：「……」大家都沒辦法獨自一人打敗土龍，就不用一直互相傷害了好嗎？

回到湖泊的雙鬚土龍，覺得自己被忽略了，立刻對著那三個互相嫌棄的小蟲人類吐出一口濁氣。

「呼……」

什麼鬼?!

一股土腥味瀰漫而來……口臭?不是，是……

貴氣男子、林燁、岩華等三人，瞬間被一陣暈眩襲擊，只覺得這隻土龍，竟然放氣薰人，太不衛生了……

第六章　說好的霸氣咧？

雙鬚土龍才不管衛不衛生，眼見薰人成功，牠的頭立刻橫伸過去，張嘴準備把人給吞了。

「喝！」

「咻！」

青鎧男子的長刀立刻一揮，長歌的冰箭同時配合攔阻。

林燁一握拳保持清醒，只來得及拉著岩華後退，而一身裝備的貴氣男子……只能靠自己移動了。

幸好裝備靠譜，雖然暈眩行動不力，但是心念一動，他還是靠著雙靴移動退後了。

三人不約而同都甩了下頭，暈眩感還在。

這不只是暈眩感，恐怕是雙鬚土龍特有的毒，或是技能。

「用魂力。」長歌提醒，然後一人一招，和青鎧男子再度把土龍逼回小湖泊範圍。

三人立刻照做。

不一會兒，暈眩感消失，魂力也有明顯消耗，三人的臉色都不太好看。

長歌看了一眼領域。

完全沒有減少或變弱。

「你們打算怎麼辦？」長歌一邊問，一邊不時放箭，讓土龍暫時無法再攻擊，把牠困在湖泊那裡。

「宰了牠燉湯喝！」岩華要反咬回去！

沒想到竟然被放毒，而且他們還輕易中招了。

就算土龍有毒是意外，他們的警戒心也根本不夠，要是沒有長歌兩人出手，他們三人可以準備交代在這裡了。

這種實力的打擊，簡直不能忍！

「呵，妳宰得過嗎？」

「要你管！而且你也打不過那隻土龍，有什麼資格笑我？哼，沒器量的男人，本少城主不想跟你說話。」岩華這回沒被氣到，直接嗆回去，然後轉過頭，「你們兩個有什麼好主意？」

「只能硬拚。」長歌回道。

「拚。」青鎧男子也是同一個想法。

一個魂階的差距，沒有特別的憑仗是無法追平的，更何況他們這是幾乎兩個階，尤其「敵獸」還是神階，他們簡直就是只有被輾壓的分。

質不夠，只好量來補，而且是盡全力補的那種。

否則大家都別想完好地離開這裡了。

「那就拚。」岩華一句話代表兩個人。然後瞥了貴氣男子一眼，挑釁樣地問：「你呢？」

「一樣。」

「不會又趁機搶別的東西吧？」她懷疑。

「奪寶，原本就是各憑本事。雙鬚土龍和神元果都是寶，換成妳，會放過出手的機會嗎？」他一臉正氣地說道：「但是同一個目標，大家一同出手，本少自然不會分心。」

「說的比唱的還好聽。」岩華哼哼。

能把偷搶這種行為說得這麼理直氣壯光明正大，果然不愧是有錢又摳的東明城少主，臉皮厚得不行。

「華兒。」林燁有點無奈。

這麼一點距離，就算她說得再小心，也是會被人聽見的啊！

岩華不以為意。

就是故意要說給他聽的。

貴氣男子就算聽到也不想理她，直接宣布——

「腹部歸我。」

「我和華兒牽制尾端。」林燁說道。

這是考慮過的結果，華兒的大錘可以牽制土龍尾巴的活動範圍，他則伺機攻擊。

「頭部由我們兩個負責。」長歌說道，一邊還在不時放冰箭。

青鎧男子對他一點頭。

「各就各位，攻擊！」

五人同時移動位置，然後……藍色火焰率先出擊。

土龍身體扭動閃過，貴氣男子卻同時撲向前，拍向牠腹部後，立刻閃退。

「嘶嗚！」

掌中帶焰，土龍痛嘶一聲，整個身體竄出。

岩華趁機甩出大錘，繞住土龍的尾巴，林燁則立刻放火。

「嘶嗚！」

土龍伸頭又是一聲痛嘶。

「冰凍。」長歌一出手，直接凍住牠兩根長鬚。

「喝！」青鎧男子乾淨俐落地長刀一斬。

「嘶吼！」

雙鬚土龍頭部見血，整條長長的身體立刻用力甩動，半蜷著摔回湖泊裡時，加重領域的控制。

隆隆。

整個領域空間內，像被重重拍振了一下。

五人同時一震。

在空中的掉下地，在地上的站不穩，湖泊四周的花草樹木全被震斷或倒塌。

隱在領域邊緣的兩人沒有移動，沐沐拉住流星，不讓他動的同時，無聲說了句：結。

一股無形的氣牆瞬間無聲無息罩住兩人，完全遮蔽住了兩人的身形與氣息，沒有被任何人與獸發現。

而土龍嘴巴一張，直接對著四周：「呼吼……」一聲氣息。

完全無差別攻擊，五人同時中招，暈眩。

「該死！」

真是招不在舊，有用就好。奸詐的土龍！

五人同時再以魂力袪除暈眩，才剛吃過虧的貴氣男子怒了。

「藍羽！」

一名華麗的藍髮男子憑空現身，抬高一手，對著土龍凌空一斬！

「嘶吱！」

土龍長長的身軀幾乎是被攔腰一砍，痛得大叫一聲，聲音震得在場人耳朵生疼，甚至傳到領域之外。

雙鬚土龍掉回湖泊裡，濺起大片零亂的水花，土龍雙鬚甩動，整個地面震動起來，連空間都受到影響。

五個少城主不得不再度後退，同時封閉聽覺，以魂力護住身體，卻在不知不覺中，竟然退到領域範圍之外。

受傷的土龍身體翻騰，傷口流出的血跡，幾乎染紅了整片湖水。

「潑啦！」「咚！」「嗡……」

等到震波過去，長歌首先發覺——領域不見了。

藍髮男子化為一道藍光，咻地一飛，消失在貴氣男子身上。

「領域不見了。」青鎧男子看了眼四周，原本的魔獸群消失大半，剩下的部分還在與傭兵們交戰。

「那隻土龍也不見了。」岩華指著漸漸平靜的湖水——一片紅色。

五人再度飛到湖泊附近。

土龍的氣息，不見了。

「跑了……嗎？」林燁無語了。

神階魔獸耶，雖然剛被雷劈完但牠還是隻神獸。

打到落跑，會不會太沒有神階的格調了?!

說好的霸氣咧？威武咧？要把他們當補品的兇狠咧？

「少城主。」原本在土龍領域外的各方人馬，終於看到自家少主出現時，異口同聲地喚道。

然後看著各自站立一方的自家少主，反應呆愣中，不忘在第一時間趕到自家少城主身後。

現在是什麼狀況？

剛才領域一起，就遮蔽了外界的視線。

他們根本不知道裡面究竟是什麼情況，連神獸都沒看清楚。

等到領域消失，就只看見五城少主各自站在那裡。

湖泊是……挺慘的。

湖水少了一半，還一片血色。地上一片泥濘水淹，也有各種火燒刀砍的打鬥痕跡，還有被雷劈過的焦味。

但是，神獸呢？

如果不是剛才確定有看到獸影、聽到獸叫，光看這現場，他們絕對會懷疑是少城主們自己把自己隔絕在裡頭對打才造成的打鬥現場啊！

但是少城主們沒有空理會自家手下的「求解」表情。

長歌支手托著下頷。

「人形神獸。」

雖然他們五人對彼此都不陌生，但老實說，這麼多年來，對彼此契約的魔獸種類，還真是不太了解。

尤其是東明玉恒。

原因無他。

因為這位本身是個煉器師，一身裝備都是三星以上魂器，真的需要打鬥的時候，魂器就夠用，不必叫魔獸。

要不是這次遇到雙鬟土龍，恐怕他會繼續藏著吧。

「嗯，是化形的魔獸。」青鎧男子點頭，跟長歌同一個判斷。

「化形啊……」至少神階。

岩華不平衡了。

為什麼她討厭的人偏偏契約了這麼好的魔獸？難怪他常常跩得用「爾等凡人不配與我說話」的眼神看別人。

好氣。

「所以，那隻土龍的確逃走了。」林燁下判斷。

「也就是說，我們忙了半天，什麼都沒得到。」岩華幽幽地說道。

這絕對是她人生中最失敗的一次奪寶！

「華兒，不傷心。」趁機抱一下，拍拍拍。

「滾！」岩華拍開他。

想趁機占便宜哦，沒門！

「不是我們沒有而已，他們也沒有啊！」林燁面不改色地繼續安慰。

不是只有他們兩個沒面子，其他三人也一起沒面子啊！這樣華兒有沒有覺得安慰一點？

「不行！本少城主不做白工，還有一顆神元果。」她盯著湖水。

要不是因為湖水還是一片紅、血腥味又重，她已經潛下去了，現在只能等湖水變回來，才能下去。

「神元果?!」

大家都聽見了，於是大家都跟著岩華，盯著湖水。

長歌、青鎧男子、林燁：「……」

「擊退雙鬚土龍的人是我，這裡的東西，難道不該歸東明城嗎？」貴氣男子說道。

長歌、青鎧男子、林燁再度：「……」

這麼說，也沒錯。

連岩華都知道，是這個道理。

但是岩華不太甘心。對了，她想到了！

「你的命，是雪長歌救的，所以你得到的東西，應該屬於雪長歌。」

貴氣男子：「……」的確、是這個、道理。

但是除非他傻了，才會看不出來岩華根本是故意的，就是和他過不去。

可是，大家都是一城少主，說出口的話要算數，眾目睽睽下的救命之恩也不能說不認就不認。

畢竟大家還有自己的格調要維護，有面子要維持。

「雪長歌，這樣吧，神元果我要了，另外以一個四星魂器作為答謝之禮，你可以指定樣式，如何？」

「你的命只值四星魂器喔?!」岩華立刻回了一句。

林燁連阻止都來不及。

他覺得，今天過後，華兒絕對會被東明玉恒記入黑名單的。

「我現在覺得，岩城主真是聰明睿智。」

「那還用說，你現在才知道？」自家爹，岩華當然什麼好話都接。

「的確是現在才知道。」他點了點頭，接著說道：「要是他和林城主不是好朋友、要是他當初沒有和林城主訂下婚事，以現在的妳這個模樣……」嘖嘖搖頭兩下，「岩城主絕對要擔心妳嫁不出去了。」

岩華一怒。

「要你管！」

「沒錯，就是這句話。」他悠然回了她一句：「我怎麼報恩是我的事，跟妳有關係嗎？」

「你……」

「妳這麼急著幫雪長歌要東西，會讓我以為妳有別的意思，或者，妳以為只要開個口，就能要我的四星魂器？」

「東明玉恒，過了。」林燁皺眉。

「誰要你的東西！」岩華同時說道。

「那就請妳安靜一點，不要浪費大家的時間。」東明玉恒直接不理兩人，轉向雪長歌，「你覺得如何？」

「四星魂器就不用了，不如換成……你欠我一次。下一回再遇上爭搶時，你所得到的戰利品，送給我吧。」他怡然地說道。

岩華：「……」輕描淡寫中，宰了人一頓，這效果比她剛才吵了半天還輸，可厲害多了。

老爹說得沒錯，長得愈好看、說話愈文雅的男人，愈可怕，不能惹。

「……可以。」東明玉恒同意。

「那麼，我不打擾了。各位，告辭……」雪長歌回身，準備帶著東雪城的人離開時，不遠處卻傳來一聲驚叫。

「什麼?!」

「啊……」

「退後！散開！」

但是，來不及了。

短短一呼息間，已經有好幾個傭兵，被吞吃掉了。

雪長歌、東明玉恒等五人臉色一變。

「雙鬚土龍！」

竟然沒有走，還從那裡冒出來?!

「追！」五人帶頭就追過去，其他人跟在身後。

一片混亂間，沒有人注意到血色的湖水中，悄然飛出一樣東西，落到不遠處一角，當即被收了起來。

然後，隱匿的兩人迅速往外趕去。

◈

好不容易解決完魔獸，各自收拾完戰利品的傭兵團們，還來不及鬆口氣，異變突起！

突然由地面竄出的巨大魔獸瞬間吞食掉好幾名傭兵，然後追著退開的傭兵再度攻擊。

長形的身軀，在人群聚集的傭兵堆裡，完全展現出什麼叫用身體橫掃千軍！

驚慌加上實力不足，天階以下的傭兵們，牠幾乎是一吃一個準。

連續吞食了好幾個人後，牠身上的傷就以肉眼可見的速度，極快地恢復，同時牠的攻擊，也更狠了。

再多一點！再多一點！

就差幾個了……

「咻咻咻！」三道冰箭接連疾射而來，土龍追食的動作猛然收攝。

呼……差點就中冰箭了。

只耽擱了一息時間，五名少城主就趕到了。

雙鬚土龍暫停攻擊，收攝身軀，以很警惕的眼神，盯著東明玉恒。

「又是你們。」土龍開口，驚呆了一堆沒聽過神獸說話的傭兵們。

「魔獸說話了！」

「真的是神獸！」

「牠會不會變化人形？」

退得夠遠的傭兵們，覺得應該安全了，就忍不住好奇偷偷討論。

少城主們內心呵呵了。

生命危險在眼前，這些人會不會神經太大條了？

「你沒走，真是太好了！」連喊一聲都沒有，岩華的大錘直接甩出去。

「嘶吼！」土龍撲過去。

「爆炎！」林燁隨即出手。

「呼……」土龍一個呼息，暴烈的火拳影就被吹熄了。

銀光突地一閃，疾速襲來。

土龍迅速竄入地底。

「砰隆砰隆……砰隆砰隆……」

地面下震動的聲響低低傳來，四周都有，讓人難以站穩，也無法判斷土龍的本體究竟在哪裡。

「小心！」長歌提醒的聲音一落，側邊就傳來一聲……

「哇啊！」

「砰咚！」

雙鬚土龍無預警竄出，只露出個頭咬中一名傭兵後，又立刻縮了回去。

突出的地面瞬間因地面不斷震動而被填平。

突然又一聲……

「哇啊！」

「砰！」

被吞掉的傭兵，又一個。

「天階以下者，立刻離開這片山谷！」雪長歌下令。

「長歌？」

「雙鬚土龍的傷應該已經復元了。」現在，才真正是牠的戰場。

對擅於鑽地隱匿、控制地震的雙鬚土龍來說，谷地的地質，簡直就是為牠而生的。

「封鎖周圍百里，各傭兵團現在立刻離開！」東明玉恒也下令。

「走！」儘管東明玉恒話說得不客氣，但現在命才重要。

太陽傭兵團所屬各分隊立刻轉身離開，東方傭兵團只猶豫了一下，立刻也跟著離開。

有這兩大團帶頭，其他傭兵團的人也迅速整好隊員，在一片顛簸中，快速往外走。

突然……

「嘶吼！」

土龍的吼聲由地下傳來，五城的人立刻騰空，看著地面。

下一刻，在傭兵團離開的最前方……

「砰……」一聲，土龍竄出。

「是土龍！」

「快退開！」

「……黃猴子！」

眼見土龍要咬過來，黃天印揮出一拳，大胡的鐵槌也丟了過來，直接砸中土龍，但卻像小玩具撞上大石牆般，對比石牆還高大的土龍完全形不成任何障礙，黃天印已經聞到一陣土腥味……

「鏘！」

一只飛劍倏忽而至，刺中土龍的腮邊。

土龍簡直大驚，猛嚎一聲。

一道黑影就在這個時候瞬間飛至，手一揮，招回飛劍。

「嘶呼……」因為劍被拔開，土龍痛得反射性發出叫聲，身體往後扭動。

來人一閃身，順勢就把黃天印帶離危險的「龍口」。

一看「食物」跑掉，土龍痛著也要追去。

「咻……」另一道黑影卻隨後追至，揮出一刀。

「嗡！」土龍不但急急煞住衝勢，還忙不迭往後退。牠腮邊好痛！內心暴躁得簡直想罵人。

一個接一個，一下子冒出這麼多讓牠害怕的東西，還給不給牠活路了？難道沒被雷劈死也要被這些小蟲樣的人類給逼死了？

牠的龍生怎麼這麼艱難?!

「可惡……咚隆！」儘管暴躁，土龍還是瞬間就鑽入地面、快速移動。都打不過了，傻獸才會繼續在原地硬拚，把握時機轉移其他可攻擊的目標才是聰明的作法。

於是，地面的振動更劇烈了。

所有人先防備地緊盯地面。

至於對來人的好奇什麼的，等會兒有命再說！

只有第十小隊的團員們，就算地面震動得再厲害，也立刻趕到黃天印身邊，一邊戒備、一邊看著「龍口奪生」的副隊長。

「黃猴子，幸好你命大！」大胡用力拍了他一下。

簡直要被他嚇死了！

黃天印：「……」很想給「二胡」兩顆白眼，但想到剛才為了救他，大胡連自己的武器鐵槌都丟了——為了這千金難買的義氣和心意，他的白眼可以收回來，但還是忍不住心裡的感動。

自家兄弟，黃天印也拍了他一下，當回應。

「大胡，謝了！還有大家，我沒事。」先安撫隊友後，他才看向救他的人，簡短但不失禮地行了一揖，「黃天印多謝兩位的救命之恩。」

其實內心很想失禮地尖叫一下。

嬌嬌小小弱弱、根本未成年的沐沐，和看起來比沐沐大一點、不健壯很沉默的流星，原來是高手！

「只是碰巧了。」沐沐笑著說道，神識默默往地下探索，發現土龍已經移動到好幾里遠外的地方。

那裡也有不少傭兵團的成員，平均起來，實力都在天階以下。

人太多，是讓土龍很好攻擊的原因，一竄一吞一個準，吃的人愈多，土龍的傷勢就恢復得愈快。

「雙鬟土龍還在，你們小心。」沐沐提醒。

眾人一聽，立刻各自拉開距離，互相守備，注意著地面。其他人見狀，也跟著紛紛散開距離。

「咚隆隆。」地面不時震動，呈現出長條地帶，表示出土龍移動的路徑。

而且，這表示土龍鑽得不深，隨時都會竄出來！

「東方傭兵團，注意！」長歌和青鎧男子同時出聲提醒，那是與太陽傭兵團所在不同的方向。

但是話聲才落，就聽見一聲——

「碰隆！」

土龍竄出，咬住一名團員的手……

「啊——……」

「嬈霏！」溫柔柔立刻跳起來，一記放大的拳頭用力往土龍頭上砸！

「咚！」

土龍被震痛了下，立刻縮了回去，同時把咬住的人往下拉。

溫柔柔再砸！而且是連續一直砸！

土龍就算覺得這拳頭對牠造成不了什麼太大的傷害，但頭一直被拳頭猛揍也會覺得頭暈。

牠用力一縮身，整個縮入土裡。

「救命……」被牠咬住的人幾乎不抱任何希望，卻還是本能地求生。

突然，「咻咻咻」幾聲。

好幾根冰箭沒入土裡。

「嘶哇……」土龍痛嚎一聲，反射性地張嘴。

青鎧男子同時飛至，將半被拉入土裡的人拉了出來。

「接著！」丟給溫柔柔。

「多謝。」溫柔柔接住人，飛快地後退。

「溫……柔……柔柔……」受傷的人，還有一點意識。

「撐住別暈。」她的手臂幾乎半隻被咬開，連骨頭都有痕跡，身上有多處灼傷，全身幾乎血淋淋。「小魚！」

「來了。」一名被其他團員重點保護的女子立刻趕來，伸手覆住嬈霏的手臂，一道霧白的柔和光芒頓時自她掌心散出，擴散至嬈霏全身。

另一邊，長歌連續射出冰箭，把土龍逼得不得不往另一方逃竄，結果又靠近太陽傭兵團這邊了。

「你們立刻離開這裡。」沐沐說道。

「可是……」黃天印猶豫。

「前車之鑑。」一跟聰明人說話，不用說太多，應該懂吧。

黃天印神情一定，對她說道——

「我們在昨天的營地等你們。」隨即下令：「走！」其他小隊實力不足的，立刻跟著一起退走。

不一會兒，現場幾乎清空得只剩下兩個身穿黑斗篷的人，地面下的震動，很明顯地呈一直線往這裡跑來。

一男一女立刻落在他們身側。

「這次一定要宰了牠！」大錘預備。

沐沐帽簷下的臉微微側抬。

「妳要搶我的獵物嗎？」她好奇地問。

岩華躍躍欲試的表情立刻一頓，心虛了一下。

「我跟這隻土龍有仇。」不、不是要搶獵物，比較想報仇。

嗯……阻止別人報仇，好像有點不道德。

「頂多，打死土龍後，妳六我四。」有點肉痛。

但是因為真的有點像別人的，岩華覺得對半分太超過，所以讓成六四分，不能再多了。

「可以……來了！」

地面猛然凸起，沐沐抬手握劍，往地下一刺。

「轟……」

一股氣流自她身上旋開，長長的斗篷飛起，露出了她整張容顏，以及斗篷下的紅色勁鎧。

沐沐的魂力隨著三尺長劍的劍尖順勢而去，逼出土龍。

「咚隆」一聲，土龍猛然竄出！

岩華立刻甩錘而出。

「碰！」

「嘶哇！」

之前被劍刺穿的腮邊，再度遭遇大錘飛擊，土龍嚎叫一聲，長長的身軀劇烈扭動。

「流影！」

四把劍憑空出現在土龍四周，直接刺中土龍頭後方、腹部、尾部三個部位，尤其是尾部兩把劍，簡直把土龍釘在一個地方，任牠長長的身軀再怎麼甩，也無法再自由竄動。

「嘶哇……哇……」

四道傷口的血，瞬間從牠身上逐漸蔓延開來。

岩華的大錘再甩出去，把刺在牠頭後的那把劍狠狠砸進去，土龍痛苦地嚎叫，憤恨地對著岩華又吐氣。

「呼……」

岩華早有防備地立刻以身後的披風配合靈力一甩，驅散土龍氣息的同時，大錘再由土龍頷下甩去。

「碰！」

被砸中的土龍腦袋一陣暈眩，再加上身上的血流太多，身體晃晃地，緩緩倒地。

砰地一聲，砸起地面煙塵，周圍的傭兵與各城人馬自動散開，但土龍仍然扭曲掙動著，想掙開釘住尾部的劍。

「嘶吱……」

只是兩把劍，牠怎麼可能掙不開?!

土龍不信，牠好不容易度過雷劫，成為神獸，卻在同一天，被幾隻小蟲子人類困住?!

牠不會死……赫！

土龍掙扎中，一團藍色火焰毫無預警地朝牠襲去。

岩華看到時，已經來不及阻止了，忍不住怒吼——

「東明玉恒，你做什麼?!」

第七章　結仇啦！

岩華來不及，但是一直在留意四周的林燁卻沒有忽略。
在東明玉恒出手的同時，他也出了手。
可惜爆炎比起藍焰，似乎是略遜了一籌，雖然減弱了藍焰的火勢，卻無法完全消除。
土龍都以為自己要變成「火烤土龍」了。
一直按兵不動的流星身影瞬間一閃，手上的黑刀劃出一道刀芒。
減弱的藍焰頓時被刀芒劃散，而剩餘的刀芒，直撲東明玉恒。
「哼！」東明玉恒輕哼一聲，藏在東明城隊伍裡的隨身護衛，首度現身。
「鏘！」
黑色刀芒被一把銀白色的刀削散，來人又低調地藏回隊伍裡。
雙鬢土龍：「……」逃過一劫?!
「東明玉恒，你什麼意思?!」岩華質問。
擅自對別人的獵物出手，這是要爭搶的宣告！
她們辛辛苦苦地活捉了雙鬢土龍，東明玉恒卻想一把火燒死牠，簡直太過分了！

「沒什麼，只不過是在奪回我的戰利品而已。」

說得真是輕描淡寫。

「東明玉恒，別太過分。」剛才在湖泊那裡，他們已經先退一步，現在他再想來亂的話，東林城和東岩城，也不是好惹的！

「雙鬚土龍，本來就是我們共同的獵物，一開始，我們不是約定了嗎？」所以，他出手有何不對？

「……」那不代表他可以趁著別人制伏了土龍時，趁機殺龍！

「我們約定的，是共同攻擊，你現在是明搶。」林燁指出，「如果土龍被你殺了，你是不是要說，土龍歸你，是你的戰利品？」

「難道不是？」東明玉恒反問。

「……」人不要臉天下無敵！

岩華覺得自己的大錘不想捆土龍，想捆東明玉恒了！

「咳！我沒有同意。」沐沐輕咳了一聲，看著那個一身魂獸、從頭武裝到腳的男子，「你們的約定，與我無關。現在，土龍是我的。」她指出很明顯的事實。

土龍身上的傷，她刺的；制伏土龍最重要的動作，她釘的。

跟東明玉恒，可沒有關係。

「妳是誰？」東明玉恒反問的神情，高高在上，「雙鬚土龍是我們東州五城的獵物，妳想搶嗎？」

「……」沐沐的心情，頓時和剛才的岩華神同步了。

她忍不住問岩華——

「請問，你們當少城主的人，行事都這麼不講道理、做事這麼霸道、打魔獸偷工減料和搶別人東西一律理直氣壯嗎？」

「當然不是！」岩華立刻否認，「我跟林燁才不會這樣！」否認完，想了一下，又加了一句——

「東雪城的雪長歌、東海城的海宇越，也不會這樣。」附帶提醒，「剛才丟冰箭那個，就是雪長歌；身穿青色鎧甲的是海宇越。」

看出這位敢嗆東明玉恒的少女大概不是東州人，岩華特別介紹。

衝著她敢嗆東明玉恒這一點，岩華決定欣賞她了。

被忽略的東明玉恒手一揮，藍色火焰立刻襲向沐沐。

流星身影一閃，對著藍色火焰再度揮刀。

「轟！」

刀光和火焰，衝擊成一股熾熱的氣息，轟然散向四周。靠得近的人立刻飛身後退。

只有流星穩穩立在空中，隔空與東明玉恒對峙。

雪長歌好看的眉微挑。

「長歌？」青鎧男子——海宇越，注意到好友的表情。

「他們，很有趣。」

劍者，和飛劍。

那把黑刀……能扛得住東明玉恒引以為傲的藍焰呀。

「他們實力不弱。」有趣不有趣海宇越不知道，但是這實力，不比東州年輕一代的天才弱。

而且，那個男子有些面熟，他以前應該見過……是誰呢？

「神獸，不要嗎？」長歌問。

海宇越搖頭。

一開始沒出手，現在……怎麼好意思去分？

「你可以。」土龍是長歌逼逃過去的。

長歌一笑，搖搖頭，繼續看那邊的後續。

◈

沐沐聽完岩華的說明。

「所以他……」叫什麼來著？

岩華自動接口：「東明玉恒。」

「謝謝。」沐沐道謝，然後問東明玉恒：「你能代表東州五城？」

雪長歌、海宇越袖手站得稍微遠一點，表示不參與的意圖；林燁和岩華，則根本快跟他吵起來了。

東明玉恒的臉皮再怎麼厚，這一刻也沒辦法直接點頭，說自己可以代表五城，免得被最看不順眼的岩華吐槽。

「本少只代表東明城。」

「哦。」沐沐想了想，看向流星，意思很明顯。

這個城，我們惹得起嗎？

「我們只有兩個人。」所以，自己想。

「好吧。」沐沐忍痛了。

不過她很義氣地提醒岩華一下──

「我們兩個人惹不起一個城，所以，我要放龍了喔！」

「欸?!」等等，她還沒準備好！

「妳……」東明玉恒想阻止，但是來不及了。

沐沐伸手，做了一個收的動作，四把副劍，頓時從土龍身上移開。

「嘶……」劍被抽走，土龍只覺得身上四個痛，然後被壓制住的身體，瞬間恢復自由。

岩華連忙也撤回自己的大錘。

只有她一個，才拉不住土龍，搞不好連自己都要賠進去，當然是有多快撤多快！

放開土龍後，沐沐不忘抬頭對東明玉恒說了句──

「哪，你的了。」

說完同時，流星也回到她身邊，兩人隨即往後飛退。

神獸太麻煩，她想抓神獸賣錢，但暫時不想再惹麻煩了。不過這個以多欺少、以大欺小搶她財路的人，她很小氣地決定記住他了。

「喂，走了走了。」岩華立刻跟進，不想跟個小氣男再吵一架。

雖然她沒有指名道姓，但是林燁很自動快速跟著退了。

東明玉恒簡直不敢相信，她們居然說放就放，他、記、住、了！

但現在，他只能立刻下令——

「困住牠！」

東明城護衛們集體出手，擅用鞭、繩之類長形武器的護衛，第一時間各自想辦法綁住土龍，其他人負責連續不斷地攻擊，各種武技和魂技拚命砸。

「嘶吼！」土龍大叫一聲。「找死！」呼……一陣。

為了綁住土龍而站得比較靠近土龍的，根本不管土龍的呼息代表什麼，一個沒注意，就集體暈眩，讓土龍不但輕易掙開了鞭、繩之類的綁縛，還用力一甩尾，把周圍的人全都甩散出去。

「哇啊！」

「呃！」

驚叫痛叫，再伴隨著各種「砰砰砰」的落地聲，土龍終於稍微覺得有點安慰了。

把小蟲小人類都甩出去，土龍滿肚子的憋氣終於散出去一點點。

這才是牠土龍神獸該做的事好嗎？

剛才那個被釘在地上當靶的獸，絕對不是牠。

不過，敵眾我寡、敵強我弱加滿身傷，無法再使出領域與其他大招，再留下來是傻獸才會有的行為，牠準備地遁了。

「哼！」被牠逃得太有經驗的東明玉恒一看，丟出一記藍色火焰正好擋住牠想鑽地的動作。

同一時間，剛才手持銀色刀刃的護衛再度出手，一刀削向土龍的鬚條。

土龍一驚，收縮身體的同時，卻聽見一句傳音——

一息時間，夠逃走嗎？

……可以。

那你現在很威勢地叫一聲。

雖然不明白什麼情況，但不妨礙土龍的求生本能，牠很配合地自喉間發出一道聲響——

「嗯嗡！」

無形的空氣，彷彿受到什麼震盪，震得在場眾人恍惚了一下，緊接著，是空氣中的靈氣彷彿被什麼吸乾，讓人感覺到一陣難受。

土龍就趁這時，直接嗖……地竄入地面，不見蹤影了。

空氣中的異樣同時消失，眾人一恢復，就看見地面上一個大洞，然後是，地面不停的震動也沒有了。

他們踩得很平穩，不必再晃了。

修練者直覺的危險感也沒有了。

「逃了？」旁觀的傭兵們，有點不敢相信。

「這次，是真的吧？」實在是被會突然間竄出來、咬了人就吞了的神獸，驚到了。

如果是殺魔獸不幸敗亡，至少還挺轟轟烈烈的，也算符合他們傭兵的形象——拚死拚活的死法。

但要是連反抗、逃走都來不及地直接被吞了。

這種死法，很憋屈啊！

而且屍骨無存什麼的，也太慘了點兒。

「應該是走了。」東方傭兵團的小魚，遲疑地說道。

「整隊，立刻離開這裡。」溫柔柔立刻下令。

雖然得了不少魔獸，但是傷亡也不少的各個傭兵團紛紛撤退了，能撤多快就多快。

「結果，白忙一場啊。」岩華有點哀怨。

都怪東明玉恒！

要是他沒搗蛋，她和那個……啊，忘記問她名字了！

總之，跟那個敢嗆東明玉恒的少女，一定可以把土龍給逮了分贓的。

長歌瀟灑然一笑。

「諸位，此間事畢，長歌先行一步。」

「你就這麼走了？那個湖裡不要搜一搜嗎？」岩華連忙問道。

神獸雖然逮不到，但是神獸的窩可以掏一掏，看有沒有寶啊？

「華兒，剛才我們已經答應，把湖讓給東明城了。」

「那是剛才。他既然已經離開了，表示也放棄優先權了，我當然就可以回去搜了呀。」更何況，剛才東明玉恒那麼光明正大搶劫她，不找一點回來她會氣得睡不著吃不香的。

「華兒說得也對，那我陪妳。」林燁也同意了。

雖然他個人大部分時候愛好和平，但是未婚妻被欺負了，不趁機報一下仇，他就太枉為華兒的未婚夫了。

「誰要你陪？」岩華才不領情，立刻離他三大步遠。「保持距離喔！你是你，我是我。」

他代表東林城，她可代表東岩城呢！

「好的。」林燁好脾氣地聽她的，沒再靠過去，就保持距離。

「哼！」東明玉恒懶得跟她再說什麼，命令受傷的人原地休息後，就帶著沒受傷的護衛們立刻轉往谷裡的湖泊。

要搜就搜，他就等著看她能搜出什麼。

岩華和林燁見狀，也帶著人跟進去了。

海宇越搖頭笑了下，就帶著東海城的人往反方向走，追上雪長歌。

「長歌，你……」

走在前頭的雪長歌突然停步，身後東雪城的人也跟著停。

海宇越也停了，不解地看向前方，卻看到兩個人。

黑斗篷那兩個！

◇

「兩位，打擾了。」沐沐很有禮貌地說。

「有事嗎？」長歌溫和地問。

「我叫沐沐，在這裡等兩位，主要想賣一樣東西給兩位。」

「賣東西給我們？」海宇越好奇，特別又看了一旁的男人一眼。愈看愈眼熟。

「嗯，這個。」她伸出手，露出斗篷下的紅色護腕。

但重點是，在她手掌上的……東西！

就算平時很沉穩，兩個少城主這一刻也是被震了一下。

「……雙鬚土龍?!」

「剛才那一隻。」

「牠不是逃走了嗎？」

「很顯然……又被抓了。」雪長歌意味深長地道。

從張嘴就能吞人的巨大體型，變成手掌上比筷子還小的小小一隻，乖趴的神情，看起來有點懊惱、又有點認命。

雖然沒契約，但這隻土龍顯然已經被馴服了，牠剛才受的那些傷，現在竟然都痊癒了。

很神奇。

「妳怎麼抓到牠的？」海宇越很好奇。

他們五個人可是打來打去，能困住牠、也許還能殺了牠，但活捉，是完全沒把握的。

土龍的性情本來就暴戾，魔獸也不是輕易能被人類馴服的，更何況牠還是隻神獸呢！

怎麼就乖乖在她的掌心裡了呢？

海宇越想不通呀。

「這是……商業機密，不能告訴你。」她漂亮、還略帶些稚氣的臉上，是一臉嚴肅的表情。

「呃，好吧。」別人的秘密，的確不能隨便追根究底，但是一看她的表情，海宇越有點想笑。

雪長歌也看著她。

「為什麼選擇賣給我們？」剛才合作打獸的時候，她明明和岩華相處得不錯。

「因為，你們看起來比較有錢。」

雪長歌、海宇越一聽：「……」

不一會兒，雪長歌按著額際，低低笑出聲。

「長歌！」海宇越三條黑線。

他們被當凱子了呀！

而且是即將被敲一筆的凱子耶，還笑?!

「妳很有眼光。」長歌很讚賞地看著她。

海宇越：「……」

求助：好友一點都不能懂他內心的擔憂，怎麼辦？在線等，急！

「海宇越，別擔心，我們先聽聽價格。」雪長歌安撫道。

好吧。

海宇越看向她。

「雖然想賣給你們，不過，我要賣的，是牠的五十年，你們有興趣嗎？」

「五十年？」

「對。也就是說，你們誰買了牠，五十年內，牠會聽從命令，五十年後，牠就恢復自由。」沐沐解釋。

海宇越與雪長歌對看一眼。

他們都沒聽過這種做法。

不過如果想成，花錢買一個五十年的神獸保鑣，大概就好懂了。

「妳怎麼保證，五十年內牠會乖乖聽話？」海宇越問。

沒有魔獸會乖乖聽命於人，除非契約。

但五十年……他們與牠不能達成契約吧？

「發誓就可以。」沐沐早就想好了，「雙方對天發誓。你們發誓五十年內不會對牠有惡意、傷害牠；牠則發誓，五十年內聽從命令、盡心盡力。若有違誓言，當場被雷劈。」

「……」挺倒楣的後果。

「當然，如果五十年後，你們和牠產生了感情，願意延長契約，那就隨你們了。」沐沐笑咪咪地說道。

「……」為什麼這句話聽起來怪怪的？

不過雪長歌卻聽出關鍵。

「所以，武師也可以有一個魔獸伙伴？」

海宇越驚愕。

「可以。」沐沐卻點點頭。

「原來還可以這樣……」簡直是打開了武師們增加戰力的另一扇大門，如果這個方法可以大範圍應用……

雪長歌提醒他——

「魔獸不是那麼好抓的，魔獸也不是那麼好溝通的。」醒醒，別作夢了，這次算是特例！

不過，沐沐究竟是怎麼讓這隻土龍願意乖乖配合的呢？

「你說得對。」海宇越有點失望，不過，總是一個新方法，「長歌，我要買牠。」

「那麼之後在東海城，我要優先挑一樣東西。」長歌說道。

「可以。」海宇越同意。

雖然是好交情，但是平白要好友讓出得到五十年神獸的機會，也是該給一點補償的。

兩人談妥，海宇越立刻轉向沐沐——

「妳要賣多少？」

「十萬靈晶，五百萬金幣，給她；另外十萬靈晶，給我。」開價的，竟然是那隻土龍。

「呃……」沐沐覺得，是不是貴了點兒？

「本神獸的身價，不能太低。」別以為牠不是人，就不知道錢的價值，敢賣低價，牠會生氣！

而且，要牠「做工」，牠要工資不過分啊！

要知道，湖泊裡那些牠的財產，現在可能都沒有了呢！

牠才不要當一窮二白的土龍。

「可以。」海宇越同意。

這價格，比拍賣會上的價格低多了。更何況，神獸是有價無市的，所以他沒有反對。

再者，總要讓土龍心甘情願，以後才好配合。

「不過，我身上金幣雖然夠，但靈晶只有八萬，剩餘的部分，我必須回東海城取，再補給兩位，可以嗎？」

「可以。」土龍同意，不怕他賴帳。不過答應之後，土龍身子一僵。

牠好像答應得太快了。

小心翼翼地轉回頭，看某人有沒有生氣。

「可以。」沐沐同意。

「那不如，約在東雪城吧！」雪長歌建議，「東雪城即將舉辦冬季慶典，沐沐和這位朋友，可以到東雪城遊玩；海宇可以先回東海城，然後把欠餘的靈晶帶到東雪城，交給沐沐。」

「冬季慶典？」沐沐完全不知道。

「十年一次，值得一去。」流星立刻解釋道。

這一路從中州到東州，他已經把當初端木越帶她離開西星山脈時內心的囧囧感完全體會過了，到現在已經很習慣，還有反射性的解釋反應。

她一有疑問，他立刻負責解答。

也是很默契了。

「那好。」想了想，沐沐同意了。

正好，流星的父親也在北方呢！

海宇越當場轉給沐沐八萬靈晶，與五張百萬錢卡；然後在沐沐和雪長歌的見證下，與雙鬚土龍，一人一獸，各自立誓。

一人一獸身上，閃過一道天地誓言的光芒。

契約成立。

土龍隨即移身到海宇越肩上，像條迷你小披肩一樣，整條龍身趴掛在海宇越肩上。

「雙鬚土龍……」海宇越才開口，就被打斷。

「什麼雙鬚土龍？本土龍有名字的，叫『龍埜』！」土龍糾正。

沐沐悶咳一聲。

龍埜？龍爺？

她瞄牠一眼。

龍埜一僵。

「名、名字就是這樣唸啊！」絕對沒有在「某位」面前裝大爺的意思，請千萬不要誤會。

「挺好的名字。」沐沐忍笑。

有木有土，很符合牠的屬性。

「恭喜海宇。沐沐姑娘、這位朋友，那我們現在就出發吧！」長歌邀請道。

「現在不行，我們和人有約。」沐沐沒忘記黃天印的話，如果她和流星沒去，一定會被怨念的。

長歌理解地點點頭。

「太陽傭兵團對吧？正好我也要送酬勞給他們，可以一同去，走吧！」溫和得讓人無法拒絕的態度。

這位看起來很高雅脫俗的少城主，對她是不是有點太熱情了？

◈

天色漸暗。

山谷外三百里處，昨夜人群聚集的幾處營地，再度亮起營火。

只不過比起昨夜那種滿山滿丘全是營火、密密集集的景象，今晚的營火，顯得有些疏疏落落。

相同的是，該吃吃喝喝時還是大口吃喝，但笑過後，會大哭還是睡成豬，那就是自己躲棉被後的事了。

山腰略高處，與昨天同樣位置，太陽傭兵團與東方傭兵團同樣隔著一個營區，位置、大小，跟昨夜一模一樣。

但明顯，今天回來的兩團團員人數，都比昨夜少一些；準備晚餐的氣氛，也比昨天低落一點。

「唔，真不習慣。」坐在營火邊，大胡搓搓手臂。

「不習慣什麼？」黃天印一邊處理獵物，一邊擔心沐沐和流星。

不知道他們能不能從神獸嘴下平安逃生？

不對，一定可以平安。

現在就希望他們快點來，他會準備好豐富的烤肉和酒招待他們的。

「隔壁啊！」火生好了、柴也排好了，大胡湊過去，「你不覺得隔壁太安靜了嗎？」

「是有點安靜。」

「對呀！都不像她們了好嗎？」大胡又瞄去一眼。

平時是：雄糾氣昂、走路有風、氣氛熱烈、找人打架。

現在是：肅顏斂首、沉默疾步、氣氛肅穆、安靜有餘。

這差別太大了。

「傷亡比較大吧。」黃天印可以想見。

如果不是因為被救，現在的他們應該就像隔壁營地一樣，想著失去的伙伴、看著受傷的同伴，哪裡還笑得出來吃得下？

類似的情況，不只發生在東方傭兵團，其他傭兵團也一樣。

他們太陽傭兵團還算是傷亡比較少的。

他們這一小隊，因為比較不往前衝，所以沒有失去任何一個伙伴，不過受傷是難免的，幸好收穫還不錯，讓他們覺得值了。

「大胡，你今天別湊上去。」黃天印提醒。

隔壁營地的人心情正差，大胡如果一時手癢忍不住衝過去，絕對會被群毆成豬頭的。

「我有這麼不識相嗎？」大胡不滿。

別人都不用提醒，唯獨就提醒他，黃猴子是以為他多沒眼色多沒腦子？

「我是怕你一時太無聊沒忍住。」是他多擔心嗎？以前大胡也不是沒做過更二的事好嗎？

比如半夜，在別人都休息後，跑去別人家的營地叫陣，打贏時把別人家的營帳扛回來，打輸時差點把自己的鐵槌當在那裡。各位想想，有這種前科紀錄，能怪他不事先多提醒一下嗎？

「那都是三年以前的事了，我現在比以前沉穩多了。」抬頭挺胸，理直氣壯。

「沉穩？」沐沐和流星剛好聽到這句話。

後面跟著東雪城一團人。

他們對太陽傭兵團熟，但不熟傭兵團裡的某一個成員。只是，單看這位的外型——對不起，他們要以貌取人了，這長相這氣質這說話方式，怎麼都跟「沉穩」兩個字沒關係好嗎？

「沐沐、流星，你們來了。」黃天印看到他們平安回來很高興，但眼神一瞄到後面，「雪少城主?!」

「打擾了。」雪長歌很有禮貌的。

「不不，不打擾，請坐。」黃天印一推大胡，叫他立刻去準備位置，叫人來幫忙多準備東西。

「各位不必忙。」從東雪城一群人裡，走出來一個像管事的人，「請問貴團長在哪裡？」

「在另外一邊。」黃天印指了個方向。

「多謝。」管事轉向雪長歌，「少城主，那我先去忙。」

「嗯，明日會合。」

「是。」管事一應聲，帶著一群人就走了，只留下兩個護衛，繼續跟著雪長歌。

黃天印頓時覺得壓力大減。

「沐沐、流星、雪少城主，還有這兩位，請坐。」大減歸大減，壓力還是比平常多很多。

原因無他，只面對一個雪少城主，就讓人夠有壓力了。

少城主耶！

他們平常想見都不一定見得上的人。

一身氣質、通體富貴，出入都有護衛跟隨，年紀輕輕實力驚人。

對比他們這些有一頓湊一頓，今天賺錢明天花，把露宿當平常、四處是家的傭兵來說，「少城主」這種生物，就像是天邊的雲呀！

看得到摸不到……咳咳，是看得到想像不到。

那就是跟他們大概一輩子都沒什麼緣分的生物啊！

最多最多，就是像這次這樣：他付酬勞、他們接任務。拿了酬勞一拍兩散，大概連見都見不到面。

但是這次竟然見到了，而且還是少城主親自來了，然後他還留下來了，看樣子是會和他們一起吃吃喝喝了！

……黃天印有點抖。

又擔心又興奮呀。

「黃大哥，你還好嗎？」沐沐有點擔心啊。

因為他這個樣子，看起來實在很像是……癲症發作了呀。很危險的。

「沒事，我很好。」身體有點抖，但是說話一點都不抖。「我就是覺得……太榮幸了。」

他臉上竟然出現靦腆的表情。

沐沐：「……」太違和了，有點傷眼。

但是黃天印一點都沒發現自己被嫌棄了。

「雪少城主，請坐，如果不介意，請和我們一起……吃晚餐吧。」差點直接說烤肉喝酒了。

那麼直白的話，不適合給少城主聽呀。

「是我們突然到來，反而要麻煩各位，也請你們不用特地招呼，一切就和你們平常一樣就好。」

黃天印看著雪長歌一臉崇拜了。

雪少城主好和善呀！

不像有些少城主總是一臉高高在上，看他們傭兵就像看什麼螻蟻一樣，態度超氣人。

「那、那需要什麼，也請少城主直說，不要客氣。」黃天印很高興地說道，然後招呼道：「沐沐、流星，你們坐。」

「謝謝。」

沐沐就座、流星跟著坐，雪長歌也跟著落座，最後兩名護衛，就跟在自家少城主身邊坐成一列。

黃天印拿起大胡烤好的肉，逐一遞給所有人，然後特別遞給沐沐一瓶水果調成的飲料，自己拿了碗酒，敬她——

「沐沐，謝謝妳救了我，我先乾為敬，妳隨意就好。」一口喝乾大碗酒，特別倒碗，表示一滴不剩。

「黃大哥不用客氣。」

「不，一定要謝。身為傭兵，我也不知道用什麼來表達我的謝意，所以，我今天得到的戰利品，就全部送給妳吧。」

這絕對是很誠心的謝意，連大胡都訝異地看著，一臉佩服。

就算他們小隊出任務的收穫一向不錯，但是像今天這樣的大收穫，也是不多的。算一算、再分一分，他們每個隊員，賺這一次，至少吃半年啊！黃猴子說送就送，真是太豪氣了。

不過大胡跟著也說道——

「我的也送妳一半，謝謝妳救了我的伙伴兼好朋友。」

「真的不用了。」沐沐笑了。「我說過，如果看到你們有危險，我和流星會救你們一下的呀。」

「呃……」說到這個，黃天印想捂臉。

當時他聽了是怎麼想的來著？

這麼弱還想保護別人？沐沐小妹妹真是……謎之自信哪！

事實證明，弱的人，是他。

人家那不是謎之自信，是有實力！

他一把年紀了，實力竟然差個小妹妹差好多，心酸，難受，想哭。

「黃猴子，你怎麼了？」大胡竟然還問。

「沒什麼。」有這麼沒眼色的嗎？沒看出他正難過嗎？

「喝酒！」搞不清楚黃猴子狀況的大胡覺得，不管怎麼了，喝個酒心情就一定會變好。所以，喝！

黃天印：「……」喝就喝，乾！

又一大碗酒下肚，黃天印也放開心情了。

「沐沐，妳究竟是什麼實力？」能對著神獸一點也不怵的實力，實在讓他太好奇了呀。

「我……」沐沐才開口，遠處就傳來一陣騷動。

「什麼？」

「讓開！」

「在那裡！」

「轟……」

「沒打到，快追！」

「你們……等等……幹嘛……」

「我們的帳篷……」

「肉……」還有酒！

「砰！」好像有人被砸暈了。

「怎麼回事？」大胡站起來，就見前面的營地一個接一個亂起來，人衝來衝去不知道在追什麼，簡直雞飛狗跳。

「跑哪裡去了？」

「那裡！」

「咚！」有什麼被砸中的聲音。

「掉哪裡去了？」

「快找！」

眼看著一群人就要亂到自家的營地，其他人紛紛站起來。

「防範，小心！」

黃天印才說完，就見一顆不知道什麼東西，東躥西撞，以快得讓人只能看得到影子的速度，咻地一飛……

咚。

掉到剛好吃完肉、放下木籤的沐沐……懷裡。

第八章　天外飛來一顆蛋

呃？

一瞬間，所有人呆了一下。

那個……飛來飛去、帶人亂跑、搞得營地雞飛狗跳，被人刀砍劍刺掌劈都沒破還把人砸暈的東西，竟然是，一顆蛋?!

等等，好好在這裡紮營卻被搞得人仰馬翻的傭兵們，需要緩緩。

但是不知道從哪裡就開始一直追著這顆蛋的人們，不用緩緩，他們是直接衝來了。

「雪長歌?!」

「咦，是你們！」

「你怎麼會在這裡？」

「你們怎麼會在一起？」

「又是妳！」

「又是你啊！」沐沐終於回了一句。

冤家路窄。

追來的，也不是什麼陌生面孔。

口氣很差的，是東明玉恒。

好奇一直看著他們的，是岩華和林燁。

這東西……莫非是他們從龍埜的湖泊裡挖出來的？

「把東西還來。」東明玉恒終於把盯著雪長歌的眼神，轉移到她身上。

「什麼東西？」

「那顆蛋！」

沐沐捧起蛋——挺大顆的，得用雙手捧。

東看西看上看下看。

「妳在找什麼？」雪長歌忍不住問道。

「我在找看看，有沒有寫名字。」

「呃……」他撫額，忍笑。

「噗，哈哈哈。」另一個人，在意會過後已經忍不住大笑出來了。

沐沐一張小臉很嚴肅。

「沒有寫你的名字，不能證明它是你的。」

「呵呵！」東明玉恒嗤笑一聲。「所有人都看見我們追著它跑，這已經足夠證明。」

「足夠證明你們想要得到它，但蛋不想理你。」沐沐接得很順。

「噗，哈哈哈哈。」岩華再次大笑。

這話說得……也太實話了！

簡直讓人無可反駁。

東明玉恒黑臉。

「妳想搶我的東西嗎？」

「沒興趣。」沐沐對他揮揮手，像揮走什麼倒楣東西一樣。「不過你空口白話的，也不能說什麼是什麼。這樣吧！它如果真的是你的東西，那你把它叫回去，我絕對不阻止。」

東明玉恒臉色更黑了。

還沒認主的東西，怎麼可能開口就叫得來？

「沐沐小姑娘，這樣好嗎？」黃天印有點擔心，偷偷地問。

「有什麼不好嗎？」

黃天印瞪大眼。

還問他有什麼不好？讓一城少主當場黑臉，這根本是要結仇的節奏呀，沐沐小姑娘的膽子太大啦！

「嗯……」沐沐想了想。「如果他想搶蛋，我又不想白白交出去的話，是會比較麻煩一點。」

黃天印已經無語了。

我在這邊擔心得要死，妳就只有「會比較麻煩」五個字?!

他嚴重懷疑，沐沐小妹妹根本不明白惹到東明城會有什麼後果。東明城的號召力很大的啊！

得罪東明城，很有可能在東州寸步難行的。

「喂喂，東明玉恒，誰說那是你的蛋？」旁聽到這裡，岩華終於正式開口了。

但是……你的蛋？

這話聽起來怎麼就有點怪怪的呢？

「妳有意見？」

「當然有。這蛋明明就是我挖的洞裡找到的。」

「但妳沒有看見，是我發現的。」

「你又沒有拿到蛋！」

「就算得到蛋，對妳也沒有用。而且，妳同樣沒有拿到蛋。」一個天武師，要魔獸何用？

「沒有用也不關你的事。總之，這蛋不是你的，也不是我的，但是被她拿到了。」所以，是她的。

「一顆很可能孵出神獸的蛋，妳甘願把它讓出去？」

就算自己沒有用，神獸的作用太大了，他不信岩華真的完全甘願放棄。

「是……不太甘願，有點肉痛。」岩華老實地說道。

看一眼不飛向自己的蛋，心痛一次。

「但是做人，得有原則，我總不能像你一樣，總想著搶別人的吧？」岩華瞄他。

「我沒有搶。」東明玉恒澄清，「湖泊裡的東西是我們共同挖掘的，自然屬於我們其中一人，別人拿到才是搶。」

「但是蛋自己跑出湖泊範圍了。」岩華指出明顯的事實。

他們都沒拿到的戰利品，總不能就不准別人拿了，沒有這麼不講道理的。

「所以，妳放棄爭這個蛋了？」東明玉恒確認地問。

「幹嘛？」岩華提高警覺。

「妳的回答。」

岩華糾結了一下。

「我不太想跟小妹妹搶東西……但是如果你拿到蛋，我就會覺得很想搶過來。」唉，好難。

一旁的林燁頭有點痛。

有個太會得罪人、偏偏又直爽得不屑說假話的未婚妻，人生有點艱難。

但攤上了，能怎麼辦？

護著唄！他是很戒備了，時時提高警覺，以免東明玉恒被氣得失控時，他來不及應對。

東明玉恒：「……」問岩華根本是個錯誤，他完全可以不必理會這個女人。

直接轉向不知道名字的少女——

「把蛋給我，本少城主就當一切都沒發生過。」

「這個嘛……」她考慮中。

蛋像感覺到什麼，搖動著往她懷裡鑽。

沐沐得用力握好蛋，才不會被蛋撞。

「我只是在考慮。」

不管，就要黏著她。

「……」有種被蛋賴上的感覺。

沐沐無奈地看向東明玉恒——

「蛋不想跟你，我也沒辦法。」

大家都看到蛋滾向她的動作了。

「哼！」東明玉恒哼了一聲，在他身後的護衛身形一動，瞬間移到沐沐身前。

「嗯?!」

雪長歌、流星同時警覺，伸手一擋，沐沐身形同時向後飄移。

「把蛋交出來，我不為難妳。」護衛沒有再出手，只是看著沐沐說道。

流星擋在她身前，沒有任何退卻。

雪長歌則抬頭看向東明玉恒，開口說道——

「魔獸蛋既然已經在別人手上，就不屬於你了，你應該明白這一點。」

「你要幫她？」

「她是我的客人。」所以，如果東明玉恒還想像對付龍埜時那樣以東明城的勢力逼她放手，他是不會同意的喔！

「那就以實力決定。只要她能贏過我的護衛，蛋就歸她。」

雪長歌詢問似地看向沐沐。

沐沐直接說——

「我拒絕。」

雪長歌、岩華、林燁、東明玉恒、傭兵們：「……」一時錯愕。

只有流星一點都不感到意外。

「妳拒絕？」東明玉恒懷疑自己遇到了一個假武師。

面對這種挑戰卻退卻者，表示他（她）沒有身為武者的爭勝之心，會被人看不起的。

「第一，是你要蛋，不是你的護衛，為什麼我要跟一個護衛比輸贏？」沐沐慢條斯理地說道。

「妳想跟我打？」東明玉恒聽得好笑。「可以。」

他不出手，是對她留情、給她一個贏的機會，不要，那便算了。

「第二，牠不同意。」這語氣，有點無奈的。

「牠？」

所有目光，看向蛋。

蛋保持一直想滾向她的動作，沐沐一手抱牠、一手擋著，才沒讓牠真的往她身上滾。

這一副就是除了她不想跟別人的表示，東明玉恒冷笑一聲。

「無所謂，不是活的，死的也可以。」

蛋一僵。

然後，更往她身上撲了。

沐沐一時沒擋住，蛋直接撞到她身上，「吧嗒」一聲。

沐沐僵住、大家也僵住。

蛋殼，裂了。

蛋破了！

魔獸要出來了！

到底是什麼魔獸?!

大家都看著沐沐手上的蛋。

但是，蛋殼就只裂了那麼一痕，然後蛋就不動了。

大家從熱烈希望，等到了無希望。

蛋，沒動靜了。

甚至也不衝了，彷彿力氣都已經用完了似的。

對魔獸習性有些了解的魂師們，都不約而同皺了下眉。

流星直接來到沐沐身邊，主動說明——

「這隻魔獸，可能還不到破蛋的時候，也有可能是，發育不全，沒有足夠的力氣從蛋裡鑽出來。」

「那現在怎麼辦？」蛋裂了卻沒有出來，就算不了解，她也知道這不是一個好狀況。

「最好牠能自己破蛋而出。」雪長歌也走過來，看了看蛋。「如果真的不行，那就只能輸入魂力，幫牠破蛋。」

「不過這麼做會有兩個後果。」流星接著說：「一是，給了牠魂力，等同和牠契約，牠會認妳為主；二是，靠外力破蛋而出，很有可能會降低牠的天賦和實力。」

第一點倒沒什麼，原本魔獸蛋破殼，不需要契約，牠會認自己第一眼看到的人為主，這也可以說是一種雛鳥反應。

魔獸出世第一眼看到的人或獸，牠會視為父母。

對於魂力尚弱不能契約魔獸的魂師而言，契約一顆蛋相對安全多了，這也是為什麼大家也很熱衷找蛋的原因之一。

只是，魔獸蛋不好找，而且通常魔獸不破殼而出，人族也很難判斷蛋裡究竟是什麼魔獸。

這關聯著第二點，也是魂師們和魔獸本身最介意的一點：實力問題。

所以看到這種情況的東明玉恒，也不急著再說什麼。

一隻發育不全或是降低天賦的魔獸，對他來說意義不大，他現在更在意的，是區區一個小傭兵，也敢跟他唱反調，不將東明城看在眼裡。

所以不管這顆魔獸蛋是什麼，這個小傭兵，必須受一點教訓。

過了一會兒，蛋殼依然沒動靜，但是捧著蛋的沐沐可以感覺到，蛋裡的小獸，正在奮力撞蛋，想撞出來。

但是牠的力氣真的太小，根本破不了蛋。

感覺上真的很像發育不良啊！

沐沐摸了摸蛋殼，對牠說道——

「如果你可以自己打破蛋殼出來，就算你發育不全也沒有關係，我養你，不嫌棄你。」

蛋裡的小獸一聽，立刻奮力撞蛋殼。

很像拿出全部的力氣，撞得整顆蛋明顯在晃動，蛋殼還是無動於衷。

這麼堅實的蛋殼，難怪東撞西撞依然完整，還溜得一堆人從山谷那邊追到這裡還追不到。

呼呼，呼呼。

撞一撞，還休息喘一下，然後繼續。

咚。咚。咚。咚。

連續一直撞撞撞撞，好不容易蛋殼上的裂痕變大了，牠的力氣，也明顯慢慢在減弱，撞擊的聲音愈隔愈久。

沐沐有點擔心了。

「加油，就快成功了。」

「咚！」「咚！」

小獸最後奮力撞兩下。

「嗒—啦……」

蛋殼終於迸出長痕，「吧嗒」！蛋殼一角掉了下來。

眾人不由得屏息以候。

但是，小獸沒有出來。

「這蛋算是破了吧，魔獸呢？」一會兒後，有人懷疑地問。

沒看見。

不過雪長歌和流星都看見，蛋裡的蛋液，緩慢地在減少中。

然後，一張濕漉漉的毛絨小臉露了出來，像是好不容易爬出來咬到蛋殼後，

「咚」一地又掉了下去。

然後聽見「咔，滋，咔，滋……」

緩慢又無力的咀嚼聲。

好不容易咬完了，又是一陣喘喘的探頭，然後咬了一口蛋殼，又掉下去。

聽見的眾人都替那隻獸覺得無力。

「咔，滋，咔，滋……」

沐沐則看見，牠是艱難地爬起來，咬到一口蛋殼掉下去後癱在蛋殼底，四腳朝天地喘氣、嘴巴努力吃殼。

一次、兩次、三次……

好像牠每次吃殼完得到的力氣，都用在下一次的爬動上了，直到蛋殼被吃掉超過一半，牠的樣子也終於露了出來。

「一隻……小狗？」

看到的人，懵了。

腦子裡開始在想，有什麼魔獸是狗樣的？

一時想不出來。

等等，幼獸時樣子很像狗的，還有狼啊！會不會是狼？

但是狼的耳尖好像不是圓的，所以，大概不是狼。

「呦嗚……」幼獸突然發出一聲細小的叫聲。

聲音有夠弱小。

狼比較兇狠，就算幼獸也沒有這麼虛，所以，這應該是犬。

可是，到底是什麼品種？毛色灰白又有黃的……

這時，幼獸終於把殼吃到大約剩下五分之一的高度，牠的樣子，也終於顯露出來了。

牠，好小。

整個身體，就一個手掌大。

跟剛才有五六個手掌大的蛋，大小完全不一樣。

牠一屁股坐在蛋殼裡，咬了一口蛋殼後，兩隻前腳就無力地滑倒，就乾脆趴撲在殼底，嘴巴吭哧吭哧地吃蛋殼。

「咔，滋，咔，滋……」

依舊是很無力的咀嚼聲。

明明相較起身體，牠的四肢算粗壯，卻這麼地沒力?!

這時候，大家想的已經不是牠是什麼品種了，而是想著，這隻魔獸，似乎真的發育不良，體弱得很。

連隻剛出生的凡獸都比牠有活動力啊！

牠真的是魔獸嗎？

再仔細一看，牠的眼睛，是閉著的。

剛才咬蛋殼的動作，是用「撞」的，也就是，觸感。

並不是看見蛋殼在那裡，而是憑身體碰觸才找到蛋殼可以咬的位置。

又吃了好一會兒，牠終於把自己坐的蛋殼都吃完了，唯一剩下的，是一開始掉在另一個手掌上的一塊蛋殼。

牠的眼睛一直沒有睜開，看不見，鼻頭卻動了動，像是嗅到蛋殼的味道，就想站起來。

但是牠前腳站直了，後腿要撐起身體時，卻「趴」地一聲，又跌坐回去。牠又想站起來，卻換前腳又跌了一下，整隻獸又趴了下去。試著站起來好幾次，但總是又跌坐回去的牠，委屈地直叫——

「嗚……嗚……」

叫聲稚弱又有點急。

雖然站不起來，但是牠仍然一直嘗試要站起來，並沒有因此就放棄。

沐沐的手移動了下，把那塊蛋殼放到牠身前了。

「嗚嗚……」牠聞到味道了，不站了，就著趴的動作只急忙伸頭，張嘴就咬：「啊嗚！」咦？

位置不對，咬空了！

再聞一下，偏了頭又一張嘴，「咔嗚！」終於咬到了。

嗚嗚。

咔，滋，咔，滋……

連吃個蛋殼都這麼辛苦，讓本來很期待的眾人，看得都默默了。

弱、小、不明種類、發育不良、還殘缺。

契約魔獸，大家都想要實力強的，誰會想要弱小又殘缺的？

「呼呼、呼，哇嗚……」終於牠吃完了，喘了兩三下，站不起來，牠乾脆躺著了，四腳朝天地又叫了一聲。

聲音細小、稚嫩，完全沒有魔獸的威風，覺得兩根手指就可以捏死牠了。

眾人默默移轉視線，看向東明玉恒。

就為了這麼一隻魔獸，從山谷那邊追到這裡——至少三百里，剛才還對人一陣威脅……

東明少城主高大上的威儀形象，頓時變得有點小氣起來，還欺弱。

眾人看他的眼神，都有點不對了。

「你要牠嗎？」雪長歌轉向東明玉恒，問道。

「哇嗚……嗚嗚……」牠又想站起來，偏偏站不起來，可憐兮兮地嗚嗚叫了好幾聲。

岩華看著牠。

「可憐的小獸。」弱小沒前途啊。

「妳喜歡？」林燁有點訝異。

岩華瞄他一眼。

「如果是我養牠，可能會把牠養死。」除非牠命很硬。

看到可愛可憐的東西，她是會同情一下，但也就這麼一下，再多沒有了。

東州這個地方，並不適合弱小的生物生存，她的個性從來就不是溫柔得可以照顧弱小、發揮母性什麼的，比較適合大開大闔去開疆拓土。

照顧這種細緻活兒，別指望她了。

「乖，不怕。」沐沐摸摸牠的頭。

「哇嗚……」牠頓時就安定下來了，趴在她的手掌上，就蜷縮著睡著了。

「不要。」東明玉恒一口拒絕。

都破蛋、認主了，這時候再搶已經沒有意義。

更何況，牠真的弱到讓人提不起想搶的心思。

「但是，比試不能免。」東明玉恒又接著說道。

「比試可以，不過，生死之戰應該就不必了吧？」雪長歌說道。

東明玉恒似笑非笑地看了他一眼。

「難得見到雪少主這麼維護一個初認識的人，莫非，是她有什麼我們不知道的身分，或是……雪少主對她有意？」

眾人一聽，立刻拉長耳朵，等著雪少主的回答。

「她是我邀請到東雪城作客的人，自然是因為我欣賞她的實力。」雪長歌怡然地說道。

「就這樣？」東明玉恒怎麼就覺得有點不信呢！

「當然。」雪長歌沉穩地一點頭。

一干等著有什麼勁爆消息的傭兵們失望不已。

拚死拚活的傭兵生涯，這些「名人」們的各種消息，就是他們生活的調劑啊！什麼都不肯說，雪少主真是太不善解人意了！

東明玉恒當然不信這種答案。

一貫清高、看似親切，但其實不容易與人交心的雪長歌，絕對不會無緣無故維護一個人。

這讓他更想知道，這個少女究竟是什麼人。

身分要查需要時間，但是實力，卻是現在可以先試一下的。

「時辰不早，要比試也不耽誤時間，我出一招，無論她能不能擋下，魔獸蛋一事就此結束。」東明玉恒說道。

「可以。」一手抱著睡著幼獸的沐沐，很乾脆就點頭了。

看在牠很可愛的分上，她不跟這個愛找麻煩的少城主多扯，早點結束早點了。

「很好。」東明玉恒向前一步。

周圍眾人立刻讓出打鬥空間。

沐沐要把手上的幼獸交給流星抱著，結果一換手，幼獸就驚醒了，「嗚嗚！」叫了一聲，站不起來的四隻腳竟然硬是掙扎著爬向沐沐。

因為碰不到沐沐的手，牠竟然一直急著「嗚嗚、嗚嗚」叫。

雪長歌：「……」這隻小狗不但發育不良、體弱，還很膽小啊！

因為掙扎著爬動，小獸竟然掉了出去，沐沐及時伸手接住，結果一碰到她的手，小獸就四肢並用巴住她了。

「嗚嗚。」不要不要放開。

「好吧，我帶著你，不過你要聽話。」

「嗚！」

「沐沐？」流星有點不放心。

「放心，沒事。」

流星點點頭，與雪長歌一同退開來。

沐沐一手抱著小獸，向前走了兩步，與東明玉恒一左、一右，相隔十數丈。

一招的比試，不必多做試探，兩人眼神交錯後，東明玉恒身上魂師印隱隱浮現。

奇特的是，他的魂師印被一股藍色的焰光包圍，模糊了代表等級的星印。

不過因為藍色焰光呈現出的，是微透明的狀態，所以眼尖的人還是可以發現，四星九角全亮，那是代表九星天魂師的魂師印。

而沐沐心念一動，一把劍隨即顯形，浮在身側。

「藍之燄，去！」

東明玉恒張開手，輕喝一聲，一股藍色火焰自他手上浮現，在空中化出一道飛禽之形，「唳」鳴一聲，隨即朝沐沐飛衝而去。

「火鳥?!」

「能顯現形態的火焰，這……」

傭兵們驚豔了一下，接著就開始擔心了。

他們這些大老爺兒們也怕火啊！這種招，小妹妹接得住嗎？

但就見沐沐一點驚怕都沒有，在火鳥襲來之前，她緩緩伸出右手，握住劍後，劍勢便就緒。

在火鳥來到劍勢範圍時，她轉動劍勢，同時飛身向後退。

手上的劍勢轉成一道道無形的漩渦，在火鳥撞進漩渦後，加快後退與劍渦形成的速度。

火鳥的形狀，在劍渦中漸漸被消磨、漸漸散形，火鳥的叫聲也從清楚的鳥鳴，隨著散形而很快潰不成聲。

「唳……嗡……嗚……」

聲音消失同時，火鳥也沒了形影，只餘一道藍色火焰，在劍渦中逐漸縮小，直至消弭。

沐沐隨之收起劍勢，旋身落了下來，輕揮了下衣襬，身上的斗篷連一點點亂都沒有。

火焰攻擊呀，她最~不怕了。

第九章　魂之絆

這樣就結束了?!

傭兵們呆了呆。

他們連這火鳥，都覺得可怕。

她看起來卻輕鬆至極，毫髮無傷。

「呃……」

「沒了。」

莫非，他們看見的是一隻假火鳥?!

「就這麼簡單?!」不小心把這句話喊出來的人，頓時遭到了東明城護衛們的瞪視。

「……」縮頭，躲起來。

「那個火可不簡單，連神獸都怕的。」岩華難得說了一句像在稱讚東明玉恒的話。

林燁非常訝異地看著她。

「看什麼？我只是說了公道話而已。」岩華有點不自在，但是有什麼說什麼，別人的優點，就算是看不順眼，她也不會刻意貶低的。

「沒有，華兒說的都對。」林燁笑得好溫柔。

岩華別開臉，嘀咕——

「笑笑笑，笑得那麼風騷做什麼。」其實是好看，但是她絕對不會承認的，不然他豈不是要笑上天？

「東明少城主，這樣可以了嗎？」沐沐微笑地問道。

東明玉恒深深地看了她一眼。

「妳是誰？」

「沐沐。」

「沐沐？」他呵了一聲，「妳讓我想到一個人。」

沐沐一臉嚴肅地看著他，「你這句話，好像男人對女人有企圖的時候剛開始的搭訕詞。」頓了頓，更嚴肅的語氣，「我是不會上當的。」

眾人：「……」瞪目。

東明玉恒、東明城眾人：「……」表情有點扭曲。

岩華：「……噗！」趕緊捂嘴，回頭把林燁的手臂捏得緊緊的——忍笑。

林燁：「……」臉色很扭曲——痛的。

為了避免自己當場氣到失態，東明玉恒轉向雪長歌——

「雪長歌，東明城再見。各位，後會有期！」說完，長袍一揮，轉身大步離開。

即使是退場，也要保持氣勢，絕對不是灰溜溜退走。

東明城的護衛，立刻跟著很有隊形地撤走了。

看著他們離開，在場傭兵們不由得同時鬆了口氣。

「呼……」呃？

大家互相看了看，不約而同笑了，開始打趣對方——

「喲，你也怕啊？」

「哪有怕。」

「沒有？那不然請東明少城主再回……」

「只是壓力大了點兒。」

「噗，哈哈哈。」

最後大家笑成一團，各自回自己的營地繼續吃肉喝酒。

岩華和林燁帶的人沒有走，叫護衛們自己紮營後，他們兩個就擠過來太陽傭兵團這邊了。

黃天印一呆。

「岩少城主、林少城主。」又來兩座大佛?!

他的壓力有兩座山那麼大。

「不用緊張，也不用特別招呼我們，我是來找她的。」岩華說道，直接坐到沐沐身邊。

「打擾了。」林燁就客氣很多，一點也沒有占人便宜的意思，就直接從儲物戒裡拿出常備食物，有可以現吃的、也有肉品，足夠大家一起吃。

他選的位置就在岩華旁邊，坐下。

於是這兩位，就搶了黃天印和大胡的位置。

「兩位，不嫌棄就好。」黃天印覺得，自己大概不能把位置要回來了，就和大胡坐到另一邊，繼續烤肉了。

「沐沐，又見面了，記得我吧？」岩華打招呼。

「記得。沒想到妳會和東明少城主同一道。」沐沐輕撫著手上的小獸。

牠從爬回她手上睡覺後，就算沐沐和人打了一架，牠也半點都沒醒，就一直睡。

「別提了，要不是為了帶回一些戰利品，我才不會和他走在一起。」為了賺物資，岩華覺得自己虧大了。

回去一定要跟自家爹抱怨。

「他同意？」沐沐好奇。

東明玉恒看起來不像大方的人啊！看他為了一顆蛋跟她過不去就知道，他小氣著呢！

「不同意，我就搗蛋。」

也是好不容易，才從他手裡摳出一點東西來的呀！

可惜的是，他們沒找到剩下的那顆神元果。莫非那隻土龍溜走前吃掉了？

不過又一想，東明玉恒也沒找到。嗯，她平衡了。

「那，這顆蛋……」沐沐指了指，自己手上這隻。

「是從湖泊裡自己飛出來的。」岩華大略說了一下。

雖然一開始他們同意湖裡的東西歸東明玉恒，但是後來他們都離開了呀，再回去，就不是那一回事了。

至於東明玉恒連挖都沒挖就先追土龍……那是他自己的事。

總之，離開了又回來，就是兩回事了。

於是一陣討價還價之後，湖泊三分之二的位置歸東明玉恒，她和林燁分到三分之一，選好位置後，挖到什麼都是自己的，對方不能搶。

不得不說，那隻土龍藏的湖裡，好東西真是不少，他們挖得很開心。

就在他們挖了近百丈，覺得大概沒有什麼東西、準備退出湖泊後，卻突然發現湖裡像滾著什麼東西，接著一顆蛋就從湖裡飛出來了。

「……牠真的很能飛，讓我們一路追到這裡。」後來的事，他們就都知道了。

只不過誰也沒想到的是，看起來那麼有靈性、還沒孵出來就那麼能跑的蛋，破孵後竟然會是這樣一隻小獸。

可愛是可愛，但實在是，弱得讓人無語至極。

看著毛絨絨的小獸，岩華再一次在心裡感嘆：在東州，這麼弱沒前途啊！

「沐沐，妳知道牠是什麼獸嗎？」

雖然魔獸不會說人話，但已經被小獸認為主人的沐沐，應該可以和小獸溝通。

「不知道。」她搖頭。

「啊?!」岩華錯愕。

「牠好像什麼都還不懂，只有本能；雖然好像能聽懂我的話，卻不太會回應。」沐沐說道。

這隻小獸，和她遇過的獸，完全不一樣。

某隻……咳，某個，就不說了，強大得只有他嫌人、沒有人敢嫌他的分兒，嚴格說來，整個天魂大陸，說不定根本沒有能讓他變一下臉的存在。

還在睡的黑大也兇悍得很，皮粗肉厚。

而牠呢？連站都站不起來……汗。

「妳真的要養牠嗎？」雪長歌問道。

「嗯！」

「牠很弱，可能幫不了妳什麼。」

「沒關係，我不用牠幫我打架。」聽見小獸好像輕輕哼了哼聲，沐沐雙手抱起牠。

「嗚……」牠醒了，鼻子就動了動，聞聞她的味道。

「雪少，你知道牠是什麼種魔獸嗎？」岩華覺得，看了看牠，就覺得是一隻小狗。

「這可能要等牠再長大一點，才能判斷了。」雪長歌搖了下頭。「不過，也要牠能長大才行。」

「牠不能長大嗎？」岩華一愣。

身為武師，她除了知道魔獸能賣多少錢、能增加多少戰力之外，對魔獸們的生態，完全不了解。

「牠似乎有天生的殘缺……」雪長歌伸出手，想觸摸牠的時候，小獸「嗚嗚嗚」一直叫、又一直躲，四肢一直晃著往沐沐的方向爬呀爬的，完全拒絕接觸沐沐以外的所有人。

雪長歌很敏銳地察覺到，牠躲，不是因為怕，是因為不喜歡。

「……」第一次看到玉樹臨風、可望不可攀、去到哪裡都受歡迎的雪少主被嫌棄成這樣，岩華愣住。

「好啦，沒事，不怕。」沐沐安撫。

小獸用四肢巴住她的手，輕喘了喘，就不放了。

雪長歌笑了笑，毫不介意地收回手。

「牠這麼依賴沐沐姑娘，想要什麼，應該會直接告訴沐沐姑娘的。」這也算是魔獸的本能。

怎麼求生，沒有誰比牠們自己更了解。

「雖然很弱，不過看起來真的挺可愛的。」知道牠不給別人摸，會害怕，岩華忍住想摸摸牠的衝動。

吃完蛋殼後，牠原來濕漉漉的毛，就慢慢變乾、蓬鬆了起來，顯露出白底黃花、間雜幾根黑色的模樣。

牠身上的毛色不純，大概血統也不怎麼純淨，可能也不是一隻多好品種的魔獸。但是因為身體胖，看起來就有點憨憨的，笨拙的動作，更顯得牠一點威脅性也沒有。

對他們這樣長期處在提高警覺、生死搏鬥的人來說，無害的東西，總會讓人覺得特別放心。

看著看著，她都很想養一隻了呀……

「華兒，妳先吃。」默默在旁一直烤肉的林燁，把整盤烤好的肉，端到岩華手裡。

「你……」他的呢？

「我的馬上就好了。」他指了指烤盤上半熟的肉。

「好吧，謝謝。」雖然有點嫌棄這傢伙一直跟著她，不過岩華也不是好壞不分只會任性兇人的。

衝著這盤肉，也不能對人太冷臉了，要道謝。

「不客氣。」林燁對她一笑。

呃，岩華立刻低頭吃肉了。

笑笑笑，笑得那麼好看……不對，笑得那麼風騷做什麼？想引起誰注意嗎？哼哼！

林燁又笑了，拿起酒，轉向一旁默默烤肉的流星——

「我是林燁，怎麼稱呼你？」

「流星。」

「幸會。」舉杯致意，連同雪長歌一起。

「幸會。」流星回以一杯。

「流星從哪來的？」

「中州。」

「中州？那怎麼會跑到這裡來？」這距離，有點遠啊。

「歷練。」

「冒昧請問，兩位的關係是？」

「主從。」

「咦?!」林燁完全沒想到會是這種答案。「那，你們到東州來，有特別要去什麼地方嗎？」

「沒有。不過會先去東雪城。」流星終於有多於兩個字的回答了，雖然還是很簡短。

「東雪城？」林燁看向雪長歌，頓時想起來，「十年一度，冬季慶典。」

「十年一度，冬季慶典？」正在餵小獸吃烤肉的沐沐抬起頭。

「是東雪城的傳統，十年舉辦一次冬季慶典，慶典期間，完全對外開放。」岩華立刻說道。

所謂「完全開放」，就是不收入城費。

對於要帶一大堆人去東雪城的人來說，這真是省了一大筆開銷。而且依照過往慣例，慶典期間，常會出現意外的好東西。

這對岩華來說，很有吸引力！

「林燁！」

「嗯，一起去。」

「誰、誰跟你一起？我走我的，你走你的。」突然想起來，她跟他不合的，幹嘛一有事就想到叫他。

趕快去掉、去掉這種反應。

「好。」林燁繼續好脾氣地應道。

她走她的，他在她旁邊走他的，也可以。

旁邊的沐沐、流星、雪長歌三人同時默默低頭吃肉。

未婚夫妻之間的小情趣，旁人不宜干擾。

其他傭兵們，更是默默吃肉、默默喝酒，務必做到輕手輕腳不打擾他們繼續情趣地默默看戲。

誰能想到，有一天我會和五大城的其中三個少主聚在同一個營區，守著同一個營火吃肉喝酒聊天，之後再加過夜啊！

而且，他們還看到其中傳說中的一對「東州最不合的未婚夫妻」——真是傳言誤人。

人家明明打是情罵是愛，感情好得很！

雖然是很傷單身狗們的眼和心，但是看完這場恩愛的戲，他們未來十年都不缺吹牛的話題了。

你們有看過林少主和岩少主相處的真實情況嗎？沒有？

嘿嘿，我們有～～

不請喝酒吃飯，不告訴你們～～哈哈哈。

◈

因為突來幾個貴客，太陽傭兵團第十小隊今晚的營火，真的是燃到很晚啊！過了午夜、到了凌晨，才漸漸散去。

沐沐一個人一個帳篷。

流星、雪長歌、岩華、林燁，加上各兩個隨身護衛，就圍著沐沐搭了一整圈的帳篷。

沐沐看到這種情況，真是受寵若驚。

黃天印特別偷偷跑過來問她——

「沐沐小妹妹，妳老實跟我說，我保證不告訴別人……妳真的不是什麼世家或是什麼城的重要人物嗎？」

除了林燁會跟著岩華這個特例，沒有哪家少主會圍著誰跟緊緊啊！

雖然他們做得都不明顯，但在黃天印看來，現在這種情況就是了。

「真的不是。」沐沐很慎重地說。

「沒騙我？」

「沒有。」發四。

「好吧。」小失望。

幸好三城少主做人都不錯，讓其他人自行去外面搭營地過夜，不然他們的營區就要被擠爆了。

沐沐則在和其他人打完招呼後，就進帳篷，然後閃身進了巫石。

「啾啾！」玖玖！

「焱！」及時抱住興奮得衝過來的焱，焱就跳腳了。

「啾啾啾啾！」牠是誰，玖玖變心了！玖玖有別人了！玖玖沒有抱我都抱別人了！

「……」汗。

「喔喔！」變心！變心！

她低頭一看。

腳被磊抱住了。

「嗚……」抖。

很好，真是太熱鬧了。

她乾脆坐了下來，把三隻撈到面前來，特別抱了焱和磊一下。

「焱、磊，對不起，我太久沒進來了。」

「啾啾。」等玖玖等得好無聊。

「好啦！現在還不方便讓你和磊出現，就委屈一點嘛。」她摸摸焱。

「啾啾？」那這隻是什麼？

「我遇到的一顆蛋。」她解釋了一下。

「啾啾……」牠都可以，我都不行。

磊立刻也叫——

「喔喔……」牠都可以，我都不行。

「再忍耐一下，不會一直藏著的。」她安撫兩隻。

決定到東州來時，為了安全起見，她決定隱藏身分，而焱和磊這兩隻「標誌」，當然也就不能現身了。

「啾啾啾。」好吧，那不怪玖玖了，但是要快一點喔。

「喔喔喔。」好吧，那不怪玖玖了，但是要快一點喔。

「好。」她笑著點點頭，然後再把小獸抱過來，「焱、磊，這是新伙伴，好好相處好不好？」

「啾啾。」我是第一，玖玖不可以喜歡牠超過我。

「喔喔。」我是第二，玖玖不可以喜歡牠超過我。

她噗地一笑。

雖然還是學著焱說話，但是磊會自動數數，表示牠也在成長，很不錯。

「嗚嗚。」小獸也叫了一聲。

牠還無法完整表達自己的意思，只是對她傳達出依賴的意念，對焱和磊，有友好的意向。

只是，牠想靠近焱和磊一點，偏偏還是站不太起來，幾次站起來，又一屁股坐著跌回去。

但是牠沒有哭叫、也沒有委屈，就是一直嘗試。

焱好奇地走近牠一點。

小獸一點都沒有躲。

焱身上的熱度，對牠好像沒有太大的影響。

「嗚嗚。」

「啾。」

「喔。」磊立刻也跟過來。

三隻小的開始慢慢交流，沒有吵架、也沒有打起來，她這才放心。

先到祖祠祭拜了一下，再放開神識感受巫界裡的一切。

先看黑大……還在睡。

不過氣息似乎愈來愈強了，希望牠醒來的時機不要太差才好，不然，會很忙的。

移植的白、褐、黑三種綠木，以及一些她之前收集接種的，用來作食材或調料的植物，都長得很好，有一半都已經成熟結果了。

她意念一動，將可以採摘的果實與成熟的植物採摘好，再把三種綠木的汁液裝到瓶子裡，全部收到巫界的儲物室中。接著她一翻掌，之前趁隙拿到的神元果及枝木，就出現在她手上。

神元果一出現，就發出一種香氣，把焱和磊都吸引過來了，然後是……邊走邊爬邊跌倒，還一邊啃靈晶的小獸。

「啾啾。」好吃的味道。

「喔喔。」好吃的味道。

「嗚嗚。」好、吃、味。

噗。玖玖差點笑出來。

這個簡單的意念，表達出來的意思完全不一樣啊！

玖玖訝異地看著小獸的動作。

「你……」很忙啊。

「嗚，嗚。」牠爬了好一會兒，才吭哧吭哧地爬到她面前——燚和磊早就到了都在一邊休息很久了。

牠爬到位了，就累壞地坐在地上喘著，一邊還不忘小小口地啃靈晶。

「燚，你拿給牠的？」

「啾。」補力氣。

「不會消化不良嗎？」

「啾啾。」不會。會有力氣。

好吧。

「啾啾啾。」玖玖，要幫牠取名字。

「取名？」

「啾啾，啾啾。」取名，才是一伙的。

「喔喔，喔喔。」取名，才是一伙的。

磊和焱的意思一樣。

所以是，取了名，他們才承認牠。

玖玖突然想到藏魂石簡裡寫著一句話：

「魂之絆，其一為名，其二為形。」

這裡的「魂」，是人魂除之於外的所有靈魂。

對於玖玖來說，魂之絆，其中的連繫，遠比天魂大陸人與魔獸之間所謂的契約之力更為強大。

是藏魂一族特有的能力。

玖玖蹲了下來，抱起小獸。

小獸咬靈晶的動作頓住，鼻子嗅了兩下，就趴到她手上，連靈晶掉了都顧不得了。

「你願意讓我幫你取名嗎？」

「嗚。」

「你知道取名的意義嗎？」

「嗚。」牠的意念非常清楚。

「那麼，我開始了。」她肅穆著表情，以指凌空繪製出奇特的花紋，連成一道閃動的光芒。

「吾，端木玖，取汝之名，正曰：天目。」

特殊的語調，配合特別的花紋，語一畢，花紋的光芒也倏然一收，化為一道流光，飛入小獸身體中。

「嗚……」牠發出一句輕輕的叫聲，原本弱小的生命力，彷彿被注入了新的力量，讓牠閉闔的眼，有一瞬間睜開了，然後又再閉上。

玖玖訝異地看著牠。

牠的眼睛……

「謝……謝謝……玖……主……嗚嗚嗚……」牠竟然說話了，雖然說得不是很清楚，像剛開始學說話的幼兒，可是卻真的開口了。

於此同時，玖玖也知道牠是什麼種類的魔獸了。

然後，牠開始試著站起來了，邁步。

雖然不一會兒又跌坐回去，但是確實能站起來了。

最後牠把剛才丟了的靈晶撿回來，偎著她的手繼續啃。

力氣不夠，牠要多吃一點，吭哧吭哧。

「啾啾啾！」焱抗議。

牠的名字太難唸了！

像牠和磊多簡單好記！

一旁的磊，也點點頭，一直附和。

「那，先叫牠『寶寶』好了，牠現在很小，也不適合叫正名。」主要是，她也沒想到自己取名會那麼準。

「啾。」可以。

這個名字好記、好叫。

焱很滿意，磊也跟著很滿意。

「啾啾。」寶寶。

寶寶懵懵的臉，不過知道這是在叫牠，就應了一聲——

「嗚。」

焱滿意。

因為寶寶走太慢了，所以磊扛著牠，不用走路的寶寶，就繼續啃靈晶；磊就跟著焱，跟在玖玖身後。

玖玖先把神元果收起來，再挑一個地方，將神元果的枝木種植下去，然後快速做了好幾樣點心，再陪焱和磊玩了一會兒，才帶著寶寶離開巫界。

◈

山靜，林靜。

整個營地安靜下來才沒多久，天色卻已經透出晨曦。

沐沐抱著小獸走出帳篷外，就看見兩道人影，在營區邊交談著，然後交換了什麼東西後，又各自離開。

那位是……東方傭兵團的溫柔柔，另一位……

「黃大哥。」

正走回來的黃天印頓時僵硬了下。

「呃，沐沐小妹妹，好早！」露出大大的笑容，打招呼。

沐沐沒回答，就看了看他，再看了看已經走遠了的身影，眼神很好奇。

「那不是什麼可疑的人，是溫柔柔。」這麼單純好奇的眼神，黃天印自己先心虛了。

「哦！」

「這個，我們沒什麼。」

「哦。」

「她缺傷藥，跟我買了一點。」

「哦。」

「雖、雖然我們兩團不太處得來，不過都是在東州混的傭兵，也沒有什麼生死大仇，能幫、就幫一下。」

「哦。」

「所以，不要誤會。」

「哦。」

「我們沒有什麼私人關係。」

「哦～」

「……」黃天印瞪她。

哦哦哦哦的，到底有沒有在聽他說的啊?!

沐沐噗地笑出來。

「黃大哥，你心虛啊。」她還什麼都沒說呢！

「哪裡有？我幹嘛心虛？」鎮定。

「大胡……」

「在哪裡？」立刻左看右看，人呢？

「大胡大哥如果看到你這麼做，也會贊成的吧……」沐沐很順口地把話說完。

「我是要這麼說的，可是你的反應……」明顯很有問題啊。

黃天印：「……」

他幹嘛那麼急著打斷她的話，簡直此地無銀三百兩。

「總之，什麼事都沒有，妳什麼都沒看到。」就這樣。立刻換話題：「妳怎麼這麼早就醒了？」

「牠醒了，所以我帶牠出來散步。」

黃天印一看，這隻小獸就坐在她手臂上，抱著一顆靈晶在啃……等等！

「牠吃、靈晶？」黃天印瞪視著牠。

「嗯。」

就算不是吃他的靈晶，黃天印還是感覺到一陣肉很痛。

靈晶啊！很貴的啊！

很多錢才買得到的啊！修練的好東西好資源啊！就這麼被啃著吃了，好心痛！

昨天，他也看到這隻弱小獸了。

其實他和大部分人的想法一樣，覺得這麼弱的小獸契約了實在沒必要。但是沐沐小妹妹沒有嫌，而且能有一隻魔獸，總是件好事……等等！

「沐沐小妹妹，妳其實是名魂師吧？」

「什麼，沐沐是魂師?!」岩華正好聽到這一句，本來還有點迷糊的腦子，瞬間清醒了。

同樣踏出帳篷，跟著一愣的，還有林燁和雪長歌。

「只有魂師，才能契約魔獸，讓魔獸自動認主。」這簡單的道理，在他們修練的第一次就都被教導過了，他竟然完全忽略了這一點。

黃天印生平第一次覺得自己呆，想去撞一撞帳篷的桿子。

都怪沐沐小姑娘一開始就展現出太厲害的劍技，他就直接把她想成是武師了啊！完全沒懷疑！

雪長歌默然。

那你可想錯了，這位可是能讓武師和魔獸也互相契約的人——雖然和一般魂師契約意思不一樣就是。

「我竟然也忽略了。」林燁失笑，真是太粗心了。

「妳怎麼能是魂師啊！」岩華心酸了。

「妳可以當我就是武師。」沐沐很誠懇地建議。

「但妳明明不是。」

魂階這種東西，不要提比較好。

「我主修武師。」沐沐理直氣壯地道：「這對妳來說，差別很大嗎？」

「很大。」岩華哀怨地點點頭，「他們兩個，」指雪長歌和林燁，「都是魂師呀！只有我是武師，勢單力薄容易被欺負；但如果加上妳，我們兩個就可以打贏他們了呀。」

「……」這想得是不是太輕巧了？

「偏偏妳也是魂師，只有我一個孤單單是武師……」岩華哀怨得想哭唧唧。

雖然不想承認，但如果能成為魂師，大家都不會想修練成為武師吧！

雪長歌：「……」微笑。

想打贏他，是不是想得太美好了？

林燁：「……」她哪裡會一個人孤單單，他不是一直陪著她嗎？而且，他又不會欺負她。

未婚妻偶爾的哀怨，也很為難未婚夫啊。

「妳別難過，我不會幫他們的。」沐沐拍了拍她肩膀，以示支持。

「沐沐，妳真好！」岩華感動。

林燁：「……」這個「真好」的標準，實在是太一言難盡了。

「我決定了，雖然妳不是武師，但我還是很欣賞妳，我們一起去吃早飯吧，不要跟他們一起。」岩華拉著人就走。

林燁覺得，該心酸的是被留下來的他、雪少主、話題被截走就再沒有機會開口的黃天印，以及根本沒出聲的流星。

「黃副隊長，我們又要打擾了。」林燁只好又露出友好的笑容。

「不用客氣，請。」黃天印連忙說道。

雖然少了一個少主，但是沒有沐沐小妹妹做緩和，要招呼他們吃早飯，黃天印深深覺得，兩座山的壓力又來了。

第十章 又結仇了

好不容易熬完吃早飯的時間，所有人都去收拾準備離開了，黃天印覺得，他的心臟強度得到了很大的訓練。

「黃大哥，你這麼怕他們喔？」被岩華拉著單獨去吃早飯回來，就看見黃天印深呼吸、深呼吸。

好像完成了什麼偉大的試煉任務。

「唉，妳不懂。」

沐沐點頭，嗯，她不懂。

「所以你要說啊！」

黃天印噎了下。

「面對他們，就像面對……你敬佩的、覺得高高在上的、傳說中的人物來到你眼前，跟你坐在一起吃飯，感覺非常緊張、非常不真實。」能不壓力山大嗎？

形容完，黃天印再加一句——

「總之，妳想像一下自己最敬佩的、覺得一輩子都不會跟他們有交集的人突然來跟妳認識、交朋友，還一起吃飯，那種時候妳是什麼心情？妳就懂了。」

大概是平民見到景仰已久的偶像還跟他共進晚餐的那種感覺，沐沐覺得自己大概懂了。

但體會就沒辦法了。

她個人沒有這種經驗。

「黃猴子就是想太多。」大胡在旁邊吐槽。

「是嗎？那是誰剛才吃飯的時候一直嗆到？」

「馬有失蹄，人、人有失口。」嗆到又不是什麼新鮮事。

沐沐噗地一笑。

「雖然很緊張，不過能和他們相識一場，以後和別人吃飯要吹牛也有本錢了，也不錯。」黃天印自我安慰了一下。

吐槽完畢，回到正題。

「今天妳就要出發去東雪城了吧？」

「嗯。」

雪長歌邀請，現在再多了也要一起去的林燁和岩華，再加上這三人帶著的人，沐沐覺得，這一路大概不會無聊了。

「沐沐小妹妹，雖然我不知道妳的身分，不過妳的實力很強、又很聰明，應該可以保護好自己。雪少城主和林少城主、岩少城主，都是品性不錯的人，如果和他們相處得來，也是一件好事，只不過……」猶豫了一下，黃天印決定還是提醒一下，「對於東明少城主、東明城，以後再遇到的時候，妳還是要多小心一點。」

「我知道了，多謝黃大哥。」

「那麼，祝妳一路順風。」

「謝謝黃大哥，我也祝你……是男人，該出手時就要出手，別猶豫，那個，是不等人的。」他懂得吧。

「咳！」黃天印被自己的口水嗆到。

「？」大胡沒聽懂。

「後會有期。」

「後會有期！」

目送沐沐小妹妹離開，大胡好奇地問道——

「黃猴子，你是不是知道沐沐小妹妹是什麼人了？」

「這個嘛……」是有點猜測。

「快告訴我，她是誰呀？」大胡很好奇呀。

「自己想。」黃天印無情地回道。

「啊！」大胡一副被雷劈的表情。

他最討厭動腦了！

◈

東星山脈，由北到南，主峰二十一，副峰無數。

以主峰所屬位置區分，最北五峰，屬於東雪城的範圍，所以一跨過雪五峰與海一峰交界的那道山谷，就等於進入東雪城的地界。

由於打神獸這件事的結果，實在讓人有點失望，也沒打夠，所以為了增加自己這一趟出門的收穫，岩華和林燁決定一路打獵過去。

於是原本趕路八到九天能到達的路程，他們走成半個月，很好地豐富了兩人的儲物戒，就連志不在打獵的雪長歌、沐沐和流星，也因為撿漏收穫了好幾種魔獸和魔核。

然後才終於走出雪二峰，來到東雪城。

白雪飄飄，彷彿無邊無際。

寒風朔朔，雪染一片天地。

當宛如聳立於天的另一側、巍峨得令人仰望的城門遠遠在望時，林燁和岩華不約而同停下腳步，分別吩咐自家的護衛隊就近找地方紮營，然後身邊只各留了十人同行後，才繼續往城門口走。

「沐沐，妳還好嗎？」岩華看著斗篷拉緊緊、帽子也戴緊緊的沐沐。

一片純白的天地看起來清新、美好、不染凡塵、如夢如幻，但實際上是——好冷冷冷。

「還好。」她是真的還好。

會包這麼緊，完全是為了在她懷裡一直抖抖抖的寶寶。

可是，岩華不太相信。

這麼嬌小的沐沐，看起來瘦弱得沒一點抵抗力，一不小心可能就要被雪埋了呀。

「東雪城一整年溫度都很低，超過三分之二的日子都在下雪，要不是有冬季慶典，加上東雪城有特別的產物，我可能也不會來。」岩華雖然沒那麼怕冷，不過來到這裡，也是在鎧甲之外，添上一件保暖的披風。

「天氣太冷，真是太對不起岩少城主了。」雪長歌突然開口。

「……」一時忘記人家少城主就在這裡了。

「沐沐，東雪城裡的衣舖有特製的保暖輕鎧，等進城後，我再帶妳去買。」雪長歌說道。

顯然，他也認為沐沐會冷。

雖然修練愈高、愈不畏寒暑，不過東雪城的冷不是那麼容易抵禦的，尤其是第一次來的人，不被凍一下簡直不可能。

「謝謝。」這很需要！

為了她懷裡這隻。

覺得自己好像被差別對待了的岩華：「……」

「東雪城的商舖，大部分集中在城南，種類繁多……」雪長歌介紹著，很順勢地就取代了岩華，占據了沐沐身邊的位置。

岩華瞪著他。

搶位也搶得這麼優雅自然又高貴，她真是重新認識了雪長歌。

但更厲害的是不管怎麼走、跟誰走，話很少的流星，都保持在沐沐身邊的位置。

真的是很盡責。

但岩華真的很不爽啊，雪長歌你這個膽敢篡位的傢伙……

「華兒，進城後，妳想去哪裡逛逛嗎？」這一路上，岩華可真的是跟沐沐特別親近，連林燁都被冷落在一旁。

身為未婚夫，也是很哀怨了。

現在好不容易有機會，當然要搶存在感。

「林燁，你說雪少主，是不是有什麼企圖？」岩華沒有理會他的問題，比較關心別的。

「什麼企圖？」

「他對沐沐特別親切耶。」

「我對妳也特別親切呀。」

「那不一樣。」

「哪裡不一樣？」

「我們什麼關係，沐沐和雪少主又是什麼關係，怎麼能比……喂喂，亂說什麼。」岩華終於發現，話題歪了。

「嗯，不亂說。」林燁同意。「不過華兒，我好高興，妳也是記得我們的關係的。」

岩華通常都否認的，從頭到尾就是否定，可是在無意識裡，她卻說出這樣的話，林燁終於覺得，他的堅持也是有效果、也是會得到承認的。

很開心。

「才沒……」習慣性要否認的話，在看到他一直不曾改變的眼神時，游移了，哼哼地咕噥：「有你這麼一個大活人在，還有什麼記不住的？我又沒有失憶症。」

「嗯，華兒記憶力很好。」

「喂喂，不要轉移話題，我在說的是雪少主和沐沐。」她瞪他，臉有點紅——絕對是被雪吹紅的。

「華兒，妳很關心沐沐。」

「我看她順眼。」

「那我們先看著就好。」

「嗯？」她瞄他。

「我們不知道雪少主想做什麼，只能先觀察。不過，雪少主為人還是值得信任一點的，他應該沒有惡意，再說沐沐也不是一個會輕易被拐的人，暫時不用擔心。」

說起來，雖然和雪長歌來往過好幾次，但林燁看不透他。

實力看不透，心思也看不透。

唯一確認的是，雪長歌行事光明又大器，如果他想對付你，會直接動手，不會迂迴耍詭計或找理由美化自己的行為。

簡單來說，如果雪長歌是個小人，那也是個真小人，不是個猥瑣的小人——當然，他並不是。

「可是我生氣。」岩華說。

竟然從她手上搶人！

不搶回來，怎麼對得起她岩少城主的名聲？

就在她暗搓搓想著怎麼把人搶回來時，在他們身後，遠遠傳來一陣車馬紛沓的聲音。

愈近愈大聲，還伴隨著幾句喝令——

「東明城車隊將至，閒人閃避！東明城隊將至，閒人閃避！」

雪長歌等人同時轉回頭。

一列豪華的車駕，在一片白色的天地中，劃過一道暗紅色的虹彩，代表東明城標誌的旗幟隨著車駕的前進而迎風飄動。

華麗、威嚴、充滿氣勢。

同時，也很囂張、霸道。

車馬聲逼近。

雪長歌等人所在的位置，距離城門只有不足百丈的距離，現在城門口還排滿等待入城的人。

有魂師、武師，更有普通人。

普通人看到這種景象，雖然有點驚嚇，卻沒有太過擔心。

只見遠遠聽到喝令聲時，城門口的守衛迅速有三人飛掠而出，來到城門外近百丈的位置，同樣喝令——

「城門出入禁止車駕，請停駕步行！」

但整列車駕沒有要停的意思，持續保持高速行進，守衛三人見狀，同時舉出護盾，輸入魂力，護盾頓時相連形成一股威勢，讓拉馳車駕而來的馬獸受到驚嚇而嘶鳴出聲。

「嘶！」

奔馳的衝勢急急煞住後，掙扎著往後縮，引起後方車駕一陣顛簸。

車駕內，頓時傳出一聲喝問——

「誰敢攔路！」

「城門出入禁止車駕，請停駕步行！」東雪城守衛再說一次。

「放肆！區區城門守衛，也敢攔本小姐的路，你家少城主都不敢這麼做，你們又算什麼？讓開！」

突然被點名的雪長歌：「……」

我有不敢的事？

聽到這句話的林燁和岩華：「……」懷疑的眼神。

原來你是這樣的雪少主？

沐沐和流星以及偷偷探出頭的寶寶：「……」疑惑的表情。

她說的少城主，真的是他？

不過，她是誰？

東明玉凌，東明城大小姐。

看出她的疑惑，岩華動了動口，無聲地告訴她，來人的身分。

這聲音、這氣勢，在東州，除了她也沒誰了。

沐沐點了下頭，懂了。

「職責所在，請恕我等不能讓開。城門出入禁止車駕，請貴客停駕步行！」護衛們還是只有這一句。

「哼，你們不讓，那就別怪本小姐不客氣。」語一落，車駕後方飛出兩個人，其中一人張口出聲。

「呔！」
不是驚天動地的呔聲，卻清楚地傳到城門那邊，震懾每個人。
護盾連成的威勢，瞬間被聲波衝散，持盾的三名護衛因為距離近，耳朵同時受到刺激而流血。
「聲波……」岩華被震退兩步。
「聖階。」林燁撐住她，同時以魂力封耳。
雪長歌手一揮，一股氣勁順風拂散聲波，隨即一道冰箭射向發聲的那人。
「嗯？」
聲波攻擊立刻收回，他看向出手的人，一愣。
「怎麼回事？」車駕裡的人質問。
為什麼停手？
「回大小姐，是……雪少城主。」
車駕中的人一聽，隨即踏步而出。
一道豔麗高挑的身影，傲然地站在車椽上，居高臨下地俯望所有人。
即使是在雪地裡，她還是一眼就看見那個一身雪白衣袍的人——雪長歌。
「雪少城主，不歡迎我東明城之人嗎？」
「貴客臨門，自然歡迎。請下車。」雪長歌回道。
「這還是讓人下車呀。」岩華嘀咕。
「噓。」林燁好氣又好笑。
華兒再說下去，要被記仇了。

「下車可以，請少城主先驅散這些人。」東明玉凌說道。

就算要步行，也沒有讓她和別人一同擠道的道理。

「貴客可以走專門通道。」雪長歌很自然地，又回絕了她一個要求。

但語氣真是和氣到讓人聽不出一點拒絕的意思。

林燁覺得，什麼時候華兒的口才可以向雪少主看齊，他大概就不必再時時擔心自家未婚妻因為太直率而得罪人了。

「雪少城主請帶路。」她也沒生氣，反而順口說道。

這句話，卻是略帶強迫式的要求。

意思很簡單，既然不能清場讓她單獨進城，那就由雪長歌親自招待，她便不再計較。

「雪某還有客人，便讓護衛代為引路。貴客請。」雪長歌朝身後示意，其中一名護衛立刻跨步走出來。

「貴客請。」

東明玉凌沒理會護衛的話，反而眼神一轉，掃過在雪長歌身旁的人。

林燁、岩華，她沒放在眼裡。

但兩名被斗篷遮掩看不清面貌的人，卻跟雪長歌站得很近，尤其是個子嬌小的那一個。

不過，不敢露出面目的人，也不值得她注意。

「雪少城主，本小姐不值得你親自招待嗎？」

「同為貴客，客有先後。如果要雪某親自招待，那就請妳在城外稍等，待雪某安排好幾位貴客後，再來接待。」雪長歌不疾不徐地回道。
「意思是，本小姐比不上這幾個人？」她挑眉，挑釁地看了岩華一眼。
「妳……」岩華才要開口，就被沐沐突然伸來的手按住。
岩華不解地看向她。
沐沐對她搖了下頭。
岩華就冷靜了。
林燁驚訝地看了沐沐一眼。
沒想到沐沐只一個搖頭，就安撫住華兒的脾氣，真是太好了……才怪！她這麼容易安撫住華兒，顯得他很沒用啊！
不過，他沒想到沐沐那麼敏銳。
東明玉凌那個女人，剛才分明是想用表情激怒華兒，華兒一生氣，之後的情況就會變得難以控制。
到時候雪長歌會難做，華兒也會被針對。
他突然發現，東明城的這位大小姐，也不是個只會囂張要狠惹事的衝動大小姐啊，心機得有點可怕。
「這位，是誰？」東明玉凌問道。
本來覺得不值得注意的人，竟敢破壞她的計畫，欠教訓！
「她是我邀請來的客人。」雪長歌看了她一眼，「若要進城，請貴客下車駕步行；若堅持要乘車駕入城，那便請在這裡稍候，待城門關閉時間時，便可以車駕入城。」

沒說的是，車駕入城只能在外城，同時接受指引而行，如果敢在城裡亂闖，東雪城就要逐客了。

「噗！」岩華憋笑。

這是叫人從天色白亮等到天地昏暗的節奏呀！

她現在不覺得雪少主是溫文儒雅、天邊貴公子了，他真的氣起人來，根本黑人不償命。

「本小姐現在就要進城，你帶路。」特別點明，只有雪長歌，才有資格作為主人招呼她。

「若本少拒絕呢？」雪長歌的語氣，不再彬彬有禮。

「那就看他們……」指著守城的守衛們，「能不能攔住我了。」

「雪少城主，不如……」沐沐才要開口，但岩華阻止了。

「不可以！不能讓。」

「我只是不想在這裡耗時間。」沐沐有點無奈。都兩刻鐘了，他們還站在這裡。

城門那邊，倒是趁這邊對峙時，把城門口那些等待的人全疏散了，然後暫停出入。

這是預防出現衝突時會傷及無辜吧。

由這個細節可以發現，東雪城管理嚴謹，各種應對處理也相當到位。城主，可能是個很厲害的人。

「但是這關係到我的面子、林燁的面子，還有雪少主的面子，不能讓。」岩華說道。

不跟這女人吵可以，但也不能讓她就這麼稱心如意，不然以後還有誰會把東林城和東岩城放在眼裡？

「好吧。」面子問題，她得習慣護著。

尤其他們身為少城主，他們的舉動，也代表著各自背後的整座城，的確是不能輕易就退讓。

「右老。」東明玉凌只喚了一聲，剛才發出聲波攻擊的人，立刻意會，再度出聲。

「吠……」

「咻！」雪長歌冰箭再出，削向右老的側臉。

右老側身閃過。

咻咻咻。

連三道冰箭，逐一射入他身前的土地裡，逼得他連退三步。

這三箭，是警告。

「在城門口恣意攻擊，東明小姐是來挑釁、與我東雪城為敵的嗎？」雪長歌淡聲問道。

「小姐？」右老請示。

東明玉凌略為沉吟。

「要同意你說的話也可以，只要岩少城主能打贏我手下的這位護衛，一切就依雪少城主的安排。」

林燁臉色一沉。

華兒還在天階。

那位右老，聖階，聲波攻擊者。

這是存心要華兒過不去？

「本少不同意。」不等林燁開口，雪長歌已經拒絕。

「為什麼？」

「岩少城主是雪某的客人，沒有讓客人出手的道理。」

「那麼，她呢？」轉而指向黑斗篷的沐沐。

「她也是我的客人。」

「那麼，就請雪少城主二擇一吧。」她忽然一笑。

「什麼意思？」

「都是客人，她們兩人其中之一與右老比試，無論輸贏，本小姐都聽任雪少城主的安排，如何？」

「為什麼一定要比？」

東明玉淩微仰的神情一笑。

「因為我想知道讓雪少城主重視得更甚於本小姐的客人，究竟有什麼樣的實力。」真實原因是，她心情不好。

只有讓別人的心情更不好，才能讓她開心點兒。

雪長歌一聽，緩緩笑了。

「本少可以選擇第三種，請妳離開。」

第十一章 出門不要忘了帶哥哥

東明玉淩臉色一沉。

「雪長歌，你要這麼對待我？」

「只要來客不違反東雪城的規矩，雪某自然以禮相待。」雪長歌面色不變地回道。

岩華默默移動到沐沐身邊，小小聲地說——

「沐沐，妳有沒有覺得東明玉淩對雪少主的態度很曖昧？」

「嗯。」有點。

「但是雪少主的態度，完全拒人於千里之外。」

「嗯。」生疏有禮。

「落花有意，流水無情，郎心如鐵啊！」岩華感嘆。

林燁一聽瞪直眼，瀑布汗。

流星也訝異地看了她一眼，真……勇者。

沐沐：「……」

她覺得，岩華可能會成為下一個被雪長歌趕走的客人。

果然，雪長歌幽幽地看了過來。

岩華還沒有反應。

林燁把自家未婚妻拉了過來，摀住她的嘴，順便對雪長歌露出一個歉意的笑容。

請不要和一個語文學得不好的人計較，感激不盡。

沐沐忍笑。

雪長歌又看向她，表情有點無奈。

他不至於為這點小事就生氣，但是，也不要隨便把他和別的女人的名字扯在一起啊！

呃……

沐沐挪挪挪，挪到流星後面去了。

雖然她沒說出來，不過這戲碼，表面看起來也真的和岩華說的很像啊。

雖然知道可能不是那麼一回事，也難免會加料想像一下……少主們之間的愛恨情仇……

「我和東明大小姐之間沒有任、何、私、人、交情。」聽聽，雪長歌的用詞多麼生疏客氣啊！還特別強調，堅決不給人想像的空間。

「哦。」沐沐點頭，表示明白。

好吧，她錯了，不應該腦補看戲。

流星：「……」為什麼覺得哪裡怪怪的？

本來還在掙扎的岩華，聽到雪長歌特別解釋，也驚訝地眨了下眼，然後看見東明玉凌黑下來的表情。

她拍拍林燁，示意他不要再搗了，她剛才只是開玩笑。

林燁這才放開手。

東明玉凌卻驀然出手！

一條白色的長鞭甩出，直指沐沐。

正好擋在前面的流星立刻伸手握住鞭，但隨即手掌一痛。

一滴鮮血滴落雪地。

「流星！」沐沐面色一變。

鞭上有刺！

東明玉凌手一動，流星及時放開手，否則鞭上的刺一定會在他手上刮出好幾道血痕。

「沒事。」流星說道。小傷，不必介意。

沐沐卻轉過頭，看向正慢條斯理、將長鞭繞在手上的東明玉凌。

「來而不往，非禮也。」

沐沐話聲一落，一柄長劍突然在東明玉凌面前顯形，直接刺向她。

「什麼?!」

東明玉凌一驚，後退也來不及，眼睜睜看著劍尖逼近自己的臉。

「大小姐！」

兩名聖階護衛臉色一變，一個揮出掌風打偏長劍，一個撲向東明玉凌，將她帶離飛劍的攻擊範圍。

沐沐伸出手一收，長劍立刻飛回，不見。

雖然東明玉凌沒有受傷，但是她身上的鎧甲被劃破一道長痕。
兩名護衛心下一驚。
四星魂器的鎧甲，竟然輕易就被劃破了?!
東明玉凌一站穩，掙開護衛的扶持，再度走向車椽前。
「妳好大的膽子！」
「比妳小一點。」
「有膽量，報上名來。」
「報上名，好讓妳記仇嗎？」沐沐反問。
「妳不敢？就這麼點膽子，也敢對我出手?!」東明玉凌嘲笑地看她。
「先不說敢不敢、膽子大不大，我自動報上名，不就讓妳連查的工夫都省下來了嗎？這麼笨的事，我怎麼會做。」沐沐好整以暇地說：「既然是敵人，製造妳的麻煩，就是我的快樂。所以，想知道我是誰，自己去查呀！」
「妳……」
沐沐截斷她的話——
「現在，妳可以下令要那些手下一起出手對付我們，否則，就不要再囉哩囉嗦，浪費大家的時間。我們到東雪城來，不是來看妳耍派頭的。」
東明玉凌瞪著她。
「硬闖東雪城，妳敢嗎？」沐沐笑咪咪地再加一句反問。
東明玉凌瞇眼。
「大小姐……」兩名聖階護衛有點擔心大小姐會被氣過頭。

「哼！」東明玉淩並沒有失去理智。「妳敢挑釁，不過是仗東雪城的勢，雪長歌會護著妳，至於妳自身的實力……」

「剛才妳沒有體會嗎？」沐沐不給她質疑的機會。「如果不是他們兩個出手，妳以為妳躲得掉？」

默默圍觀的眾多護衛們：「……」這真的是一點挑剔嫌棄的機會都不給別人啊。

「呵。」東明玉淩保持臉部表情，露出一抹高高在上的笑容。「一劍代表不了什麼，妳的實力如何，現在說什麼都不準，之後自然會有公斷。不過今天這一劍，我記住了；雪少城主的待客之道，本小姐今天也領教了。」顯然，今天重點記仇這兩人。

至於林燁、岩華，根本沒被她看在眼裡，她連提一句的興致都沒有。

說完，她女王般地環視眾人一眼，才轉身回到車駕裡，下令——

「退！」退出二十里，紮營。

一列車駕，又如來時一般，車馬奔騰地退走了。

沐沐嘆口氣。

「為什麼她就記得我給了她一劍、忘記是她自己先甩鞭的呢？莫非有健忘症?!」算了，以後的事以後再說，先進城吧！

眾人：「……」好有道理。

大消息大消息，東明城大小姐有健忘症！今天站在城門口吹冷風值了！

等等，他們原本不是要說這個，是要說……什麼來著？

啊！是要讚嘆她很厲害，還有她把東州無人敢惹、排場比公主還公主的東明大小姐給氣走的事呀！

這絕對不是普通人能做到的呀……

咦咦，人呢？

◈

沒了硬是要搶道的人，在城門口，因為雪長歌，他們一路順暢無比地被迎進東雪城。

本來雪長歌要招待沐沐到城主府住，結果被岩華攔走了。

「住城主府出入都有人看著，多不自由呀！還不如客棧，我們兩個有伴，還可以一起去逛街呀！」岩華的理由，多麼光明正大。「如果雪少真的想招待我們，不如幫我們付住宿費吧。」

「也好。」雪長歌很爽快就答應了，岩華好驚喜。

省一大筆住宿費耶，讚！

不對不對，以前雪長歌從來沒有這麼好說話過的，這次她占大便宜了，所以果然……

「嗯哼。」林燁出聲。

小心禍從口出，妳想省的一大筆住宿費就沒了。

岩華頓時把話給吞回去了。

住大戶比較重要。

「今天也晚了，你們先休息，明天我再來帶你們到城裡走一走。」把他們送到客棧、吩咐掌櫃好好招待後，雪長歌才對他們說道。

「多謝。」沐沐道謝。

「多謝雪少主。」林燁和岩華也說道。

內心吐槽歸吐槽，該有的禮貌還是要有的。

「不用客氣，各位早點休息，明天見。」說完，雪長歌風度翩翩地帶著侍衛離開了。

掌櫃的很殷勤地親自招呼他們，開了三個小院子給他們住。

送水、送飯、送點心，不用吩咐，服務周到。

小院子的環境，自動隔絕了外面的冰天雪地，保持宜人的溫度，沐沐抱著寶寶，和流星就坐在小院子前庭裡的石桌旁吃東西。

「少城主特別招待的，就是不一樣啊。」讓自己的護衛先到小院裡安置後，岩華跑到沐沐這邊，喝著茶忍不住感嘆。

「所以，我們得備好禮，過幾天到城主府拜訪。」因為岩華跑來了，所以林燁也讓自己的護衛們在院子裡安置，然後自己也跟來了。

「我知道。」岩華雖然好惡分明，但是身為少城主，該懂的交際往來，也是從小被教育的。

東州五大城，無論爭奪資源時有多結仇，明面上總是大家和平相處、友好往來的。

一般來說，他們身為少城主的人到別人家的城去，自然要拜訪主人，這是基本的禮貌。

不過這次因為冬季慶典的關係，城主府應該也會在慶典開始前宴客，到時候再送禮也可以。

「沐沐，在慶典開始之前，我們可以好好把東雪城逛一逛，妳想先去哪裡？」

「成衣舖。」沐沐毫不猶豫地說道。

「啊，妳真的要去買衣服呀？」

「嗯。寶寶需要。」

「寶寶？」誰？

岩華才疑惑著，眼神一往下，就看見一直被抱著的小獸，頓時領悟。

指著牠，「寶寶？」

「寶寶。」她肯定。

「……」本來這隻先天發育不良的小獸就已經很弱了，現在連名字都取得這麼弱……

大概岩華臉上的表情太一言難盡了，沐沐忍不住笑出來。

「寶寶，很合牠的形象呀。」她抱起牠，揉了揉，牠就乖乖地，任由她揉來揉去，一點都不反抗，四肢抱著靈晶繼續啃。

林燁也發現這一點了。

「牠這麼吃，沒關係嗎？」

「沒關係。」

肉痛。

林燁沉吟。

能吃靈晶的魔獸，表示牠能吸收靈晶裡的靈氣。

他覺得，說不定以後大家會發現，他們對「寶寶」的看法都錯了。

「沐沐，妳有很多靈晶啊？」岩華關注的重點，跟一般武師都一樣，只覺得肉痛。

「還好。養牠應該養得起。」牠現在啃的也不多，一天一塊而已。

岩華嫉妒了。

「為什麼我家老爹沒有一天給我一顆靈晶呢？」那她早就吃穿不愁啦！

算了，沒人給，自己賺。

第二天一大早，雪長歌帶著同樣的兩個護衛到客棧來，用三天的時間，帶著他們逛遍南城商舖區。

另外，對於其他東西北中四城區，也做了簡單介紹。

特別是東城區與北城區。

「東城區有拍賣行，北城區，是這次冬季慶典的重點區。」沐沐是第一次來，所以雪長歌詳細介紹。

「整個冬季慶典，為時一個月，大約分成三個重點：分別是寒玉秘境、冰雕市集，與拍賣會。

「寒玉秘境，是東雪城私有的秘境，十年開放一次，每次三天，所有入境者所得到的天材地寶或魔獸，能帶出秘境者，都屬於他們自己，東雪城不會多加干涉。

「前二十天，是進入寒玉秘境的資格篩選。凡是符合三十五歲以下、天階以上修階的條件，都可以前往北城區接受測試。

「符合條件者，會列出一張名單，取前一百名；第一百零一名到第一百五十名，有一次機會對前一百名提出挑戰，勝者得到入境名額，敗者就退出。

「二十天後，除進入秘境者外，冰雕市集也同時開始，為期十天。

「最後一晚，則是拍賣會。

「所有人都可以把自己不需要的東西，送到拍賣會拍賣或等價交換，換回自己所需要的東西。

「有東西送往拍賣者，可以得到一個進入拍賣會的名額，如果單純想參加拍賣會，則需要繳交一定費用，才能入場。」

拍賣會結束，整個冬季慶典，才算告一段落。

「每年的這個時候，東雪城至少會熱鬧三個月，外來的修者至少上百萬，趁機鬧事的人向來不少。所以接下來，我大概沒有時間再招呼妳了。」

維護東雪城的安寧，也是雪長歌身為少城主的責任之一。

「沒關係，你已經介紹得很清楚了。」沐沐很感謝他。

「這是我的信物，如果有任何事，妳可以拿這個到城主府找我。另外，七天後在城主府，會為冬季慶典舉行一個宴會，帶著它，我也希望妳能來參加。」雪長歌遞給她一個白色令牌，上面繪著古體的「雪」字。

再轉向林燁與岩華，則是遞給他們各一封邀請函——

「城主府宴會舉行時，也請兩位來參加。」至於平時要找他，這兩個人，刷臉刷身分就可以，不用信物，也就不必特別給令牌了。

「我們一定準時去。」林燁和岩華收下邀請函。

「那麼，希望你們在東雪城能過得愉快。」雪長歌送他們回客棧。「另外，寒玉秘境的名額，沐沐可以爭取一下，寒玉石對寶寶也許有幫助。」

「我會去的。」沐沐對他點點頭。

「那我等妳。」雪長歌一笑，才轉身離開。

回到客棧，正好是用晚膳的時間，今天他們特別留在大廳，順便也聽聽東雪城裡的消息。

「這個小傢伙，不會也要啃寒玉石吧？」點完餐後，因為雪長歌的話，岩華一直看著寶寶。

自從去過成衣舖，在舖子掌櫃眼角抽抽的情況下，買了好幾套禦寒料子、製成寶寶可以穿的衣服後，牠就可以露出身形，不會冷得一直只能被沐沐抱著藏在斗篷裡了。

然後，牠一直在啃靈晶。

寶寶彷彿感覺到岩華的目光，本來被放在桌子上的牠，半爬半挪動屁股的位置，朝靠近沐沐的方向邁進。

岩華伸出手……

「嗚嗚！」寶寶嘴巴咬著靈晶，四肢並用急急地就爬向沐沐，從桌邊掉進她懷裡了。

岩華嘴角抽抽。

「都相處好幾天了，竟然還不肯讓我摸一下。」好吧，其實不只是她，除了沐沐，其他人也是摸不到牠的。

「這樣很好，才不會輕易被拐跑。」沐沐很滿意，就放牠坐在自己腿上，安心啃靈晶。

「……」這句話不是在呼攏她吧？她沒有聽說過，有哪隻被契約了的魔獸，還能被拐跑的。

「牠好像比較能跑了。」林燁觀察牠爬行的速度後說道。

岩華回想了一下，肯定地點了下頭。

「嗯，啃靈晶果然有效。」但是，太貴了。

太冷了要穿衣，還得特別製造的禦寒衣——貴；然後吃要吃靈晶，這魔獸，岩華真心覺得自己養不起。

「我決定明天去北城區，測試一下。」為了寶寶的口糧。

「那我一起去。」岩華立刻說道。

「一起。」林燁和流星，當然也同意。

等餐點送上來，四人決定快快吃完，早早回去休息時，就聽見一群人走進客棧，圍坐一桌、點了酒後，個個垂頭喪氣。

「我竟然，連兩百名都排不上。」心酸。

「我還連三百名都沒有。」

「雖然我有進前兩百名，但連候補的名次都沒跟上。」長長嘆了一口氣。

「錯過今年，以後沒機會了呀！」因為下一次，他們就超過年紀啦！

「怎麼回事？」隔壁桌好奇地問。

「我們今天去北城區測試，結果，七星天武師耶！竟然連候補都排不上。」簡直要逼死人。

「怎麼會?!」隔壁桌也嚇一跳。

上一次的冬季慶典，雖然是十年，但他還記得很清楚，能進寒玉秘境的最後名單，是一個天階四星的魂師。

怎麼這一屆連七星都排不上前一百五十名?!

莫非這十年中，東州的年輕人修練進度個個像吃了什麼大補丸，實力突飛猛進?!

「我看過公開的名單了，目前前一百的排名裡，有一半以上都不是我們東州的人。」七星天武師一臉嚴肅。

「那是誰？」

「是一群來自中州的人。」

中州?!

沐沐心一跳。

突然想起來，她沒敢當面告別的……難道，跑到這裡來了?!

莫名有點心虛……

流星沉穩地不動聲色。

「總之，我們東州的人，被比下去了，我決定要號召所有認識的人，只要符合資格，就去測試。」七星天武師握拳。

輸人不輸陣，不能讓中州把他們東州給踩下去了，好歹要把本地人的面子給掙回來！

「中州啊……」岩華眼神亮亮。

聽說中州有很多天才人物，難道都來了？

「中州……」林燁有些擔心。

如果中州突然來了很多人，是不是發生了什麼事？最近東州會有一連串的事，他們，不會有什麼其他目的吧？

「沐沐，林燁，我們明天一大早就出發！」她要去看看，中州都來了哪些人！

◈

東雪城，北城區。

一大早，仍然是白雪飄飄的天氣，所有街道，都是一片素白的顏色。

但與街景的純然完全不同的，是街道上擠滿了許多武師與魂師，來來往往、熱熱鬧鬧。

「沐沐，快點！」岩華興致高昂，拉著沐沐衝很快。

從昨天晚上知道有很多中州的年輕一輩高手來到東雪城，她就一直很期待。

身為武者，都嚮往強大。

見識更多厲害的人，和更多厲害的人交流。

她們兩個走很快，林燁和流星也只好跟著走很快，這個時候林燁也發現到，流星的步法很奇妙。

看似總比他慢跨出一步，但到下一步，卻總是能和他持平步伐。

而且在人群中，他也一直保持和別人錯身而過的距離，一片衣角都沒有擦到。

就這樣跟著岩華在人群中衝衝衝，竟然就真的來到北城區最大圓環區，特別搭成的測試台。

這裡不得不說，能走到這裡，不是因為岩華認得路，而是因為——最多人衝向這裡，這裡人最多。

測試台前，圍了一圈又一圈的人，而台前兩邊各有一份名單，寫滿密密麻麻的名字。

在四人還在人群外圍時，就聽見一聲——

「梁××，東州人氏，三十一歲，四星天魂師，六百九十八名。」

然後就看到一個人，垂頭喪氣地從測試台走出來了。

「下一位，秦××，東州人氏，三十二歲，五星天武師，」頓了下，「六百三十八名。」

「下一位……」

測試台上每報出一個姓名，右方的名單便更新一次，但十幾個名號報過去，左邊的名單一直沒有動。

「為什麼左邊的名單都沒有動？」岩華好奇地問前面的人。

前面的人一回頭，看見是個女武師在問，也很和氣地回道——

「左邊的名單，上面是前一百名；下面是第一百零一名到第一百五十名的挑戰名單。這兩份名單，從昨天開始就沒有變動了。」

岩華道了謝，就又聽見——

「下一位……」

測試台上不斷報出名次，測試的人一個接一個，但名次一直在五、六百名的地方變動，目前最高的名次，是四百多。

特別的是，測試者幾乎都是東州人氏，莫非是……那些本來沒有要參加、但是因為名單被中州人氏霸榜，所以為了東州的面子，這些人就又都跑出來了?!

可惜聽起來，好像沒能搶回榜單名次啊。

來到這裡，岩華反而沉得住氣了，連聽了好幾十個名次，大概判斷出兩個規律：

一，來測試的人，修階真的都很接近。

二，沒有六星天階以上，是進不了前五百名的。

再看看另一邊的名單，第一百零一名到第一百五十名的挑戰名單中，最低的修階……正好是天階八星，二十七歲。

比年紀，她輸了。

岩華有點擔心了。

「林燁，我們可以嗎？」要是排不上名，丟臉事小，重點是……他們就得走後門，去跟雪長歌要入境名額了啊！

……應該可以要得到吧？

「就算不行，正好也可以了解一下我們的程度。」修練，不是自我滿足，是自我要求，不斷突破。

對比別人，才更能知道自己的不足，更有目標。

「好吧，那我先……」岩華才準備去登記，就察覺到一股氣勁由後方襲來！

「小心！」林燁拉著岩華一躍身，朝側邊退。

「什麼？」

「哇！」

「砰！」

「咚！」

「啊啊啊……」

被魂力推中的人，陸續跌成一團。

那股氣勁雄厚不散，持續往前推進，強勢將圍在測試台前的人潮撥開兩邊，空出一條中間的道路。

沐沐和流星則在察覺魂力時，已順勢往另一邊安然避開，同時看向魂力來處……

「誰亂推人？」跌倒的人立刻質問。

「自己實力不足，就別在這裡擋別人的路，礙事。」明明很悅耳的聲音，卻充滿傲氣與嫌棄。

「礙妳個……」差點爆出的粗口，在看到來人時，自動吞回去了。

旁邊一起摔倒的同伴：「喂！」怎麼不罵了？他正準備一起罵呢！

「……」罵什麼罵啊，也不看看來人是誰！

當跌倒的人互相扶著站起來時，就見三道人影由遠而來，行走間，氣勁往四周驅散人潮，一路緩緩走了過來。

「這麼囂張的走法，真只有她才做得出來，走個路風吹這麼大，也不怕閃到腰。」岩華忍不住吐槽。

然後又一想，樂了。

「林燁，就算我測試殿底，但只要贏她，我就滿足了。」哈哈哈。

因為氣勁直接襲到測試台前，讓測試台上的人暫時中斷，站了起來，腳步向前輕踏。

一股氣勁同樣撲散而出，卻是消弭了襲來之勁，然後消弭於無形。

「那個人，很厲害。」沐沐立刻察覺到了。

「嗯。」流星點頭。

測試台上的那個人，剛才透出的氣勢，有種深不可測的感覺。

「測試台前十丈，不得動武，違者，逐出！」測試台上的人說道。

「東明玉凌失禮。」來人到測試台十丈前，優雅地行了一禮，算是歉意。

測試台上的人這才坐下，繼續測試。

「下一位，開始。」

沐沐和流星才想離開，和另一邊的岩華、林燁會合，但是那三個人就直接走到她面前了。

「真巧，又遇到妳了。這次沒有雪長歌護著妳，那一劍的帳，我們正好算一算。」東明玉凌笑著說道，而她身後兩名聖階，則一左一右，連流星的去路都擋住了。

這種情形一看，就是有人又要找事啦！

自從測試台搭建以來，類似的情況層出不窮。

別擔心，周圍的人也很有經驗，所有人不是立刻擠到測試台前十丈之內，就是離得遠遠的，站到安全距離之外。

然後看熱鬧。

「妳想做什麼？」沐沐歪著頭問道。

「兩個選擇：第一，妳跪下道歉，自己滾；第二，我讓人打到妳跪下，再把妳丟出去。」

沐沐嘆口氣。

「為什麼妳給的選擇，都讓人完全不想選，上一次是這樣，這一次也是這樣。」感覺，她有點智商不足啊。

「廢話少說，」東明玉凌眼神一凜，「妳不選，那就我幫妳選……」

「等等，東明……」她叫什麼來著？

「玉凌。」流星幫她補全後面兩個字。

沐沐很誠摯地對她說——

「東明玉凌，人生如此美好，打架實在不好。誠心地建議妳，不如回家修心養性，人才會比較美，像妳這樣出門就想打人，很嚇人的。」

「噗！」這小姑娘，太逗了！

她這麼說，別人聽得進去才怪！

這不是讓人消火，是想讓人更火大的吧！

東明玉凌，眼角怒跳了兩下。

「裝瘋賣傻！」哼。「左老、右老，把他們兩個丟出去，死活不論！」

「是！」

兩人接受命令，立刻要出手，就在岩華和林煒正準備衝過來，流星也準備出手反擊的同時，人群之外，突然傳來一聲熟悉的怒吼——

「誰敢動她！」

一股憤怒之風，突然席捲全場，將無關人等統統捲得更遠，只見數道身影同時飛身掠進被人群重重包圍的中心，結果卻看見令他們驚愕的一幕——

一把劍，正冰冷地抵在東明玉凌的咽喉前。

（待續）

番外

亂入小劇場——蛋窩

獸：「好漂亮的窩。」

蛋：「嗯。」開心。

獸：「好軟的窩。」

蛋：「嗯。」滾動。

獸：「好舒服的窩。」

蛋：「嗯。」一窩就想睡覺ｚｚｚｚ

睡覺有助長大，我要多窩一點。

獸：「做蛋，也要有義理的。」

蛋：「義理？」

內心：身為蛋的義理？

蛋答：不要被吃掉！

獸：「要把好東西，孝順給長輩。」嚴肅。

蛋：「嗯。」原來這也是蛋的義理，學到一課。

獸：「……」所以，孝順吧！

蛋：「……」？

獸：「窩。」提醒。

蛋：「……」恍然大悟。

「這個……你睡不下啊……」這麼為難蛋說實話，蛋太難了。

獸：「……」看著自己的體形，幽怨。

長大，好像不是一件太美好的事。

獸要窩！

作者的話

這個世界變化太快，讓人HOLD不住。

本來應該很歡快的第一集，因為家中小犬的離開，讓銀姑娘心情低落到根本歡快不起來，好一陣子無法調整心態。

日常的生活，都和陪伴牠、照顧牠分不開，每天每天，固定時間要做的事，都有牠。

一旦失去了，每到一個時間，都想到該做什麼，然後一陣恍然。啊，牠不在了。已經不在了。

腦子一直處在低落的狀態爬不出來。

後來決定，就讓牠活在腦子裡吧！

結果這個開頭三改，然後又幾度接不到後面劇情，幸好，堵住的劇情，還是順利暢通了。

這一集出現的新獸獸，除了是劇情進展需要之外，也是銀姑娘大大大大的私心啊！

歡悅的、脆弱的、矬矬的、呆呆的、萌萌的，小犬犬，笨笨地誕生啦。

寫第二部，是在最初的時候就有的想法。

不過等到真的把第一部寫完的時候，就覺得，這個一定要寫，但是這個算是一點五部吧。（汗）

直接四捨五入吧！（笑）

所以——

銀姑娘：小狐狸，你再忍忍吧！

小狐狸：不能忍！（老婆還沒抓緊！）

銀姑娘：那、那最多，讓你不時刷一下存在感？

小狐狸：本狐！不用刷也很有存在感！

銀姑娘：是是是。（汗）

小狐狸：但是可以允許妳多提一下。

銀姑娘：……好的。

小狐狸：還有，不准玖玖抱別獸！

銀姑娘：好的！（已經抱了但是這時還是要毫不遲疑大聲回答免得被發現，至於被發現以後的事哈哈以後再說）

腦內小劇場播完後，突然覺得，這過程就是一個：

稿子坑銀。

銀坑狐。（哈哈哈）

雖然寫作的過程中，意外常常坑得銀姑娘卡到覺得自己都老了（噗），但是又不可否認，很多時候意外和卡卡卡，會產生讓銀姑娘自己都很意外的橋段，寫到自己很嗨，也希望寫到讓大家看得開心。

在這一部裡，一起期待玖玖的成長吧！也和玖玖，一起去東州冒險，遇見美男子。（喂！）

從二〇一九到二〇二〇，玖玖這一次真的是有夠久～～才孵出來呀！

雖然一入二〇二〇狀況多，但希望大家都能平平安安的，玖玖的下一集，可以很快和大家再見。

國家圖書館出版品預行編目資料

末等魂師第 2 部①：出門不要忘了帶哥哥 / 銀千羽 著 .-- 初版 .-- 臺北市：平裝本，2020.8 面；公分（平裝本叢書；第 510 種）（銀千羽作品 8）

ISBN 978-986-98906-5-6（平裝）

863.57　　109010103

平裝本叢書第 510 種
銀千羽作品

末等魂師 第2部

① 出門不要忘了帶哥哥

作　　者—銀千羽
發 行 人—平雲
出版發行—平裝本出版有限公司
台北市敦化北路 120 巷 50 號
電話◎ 02-27168888
郵撥帳號◎ 18999606 號
皇冠出版社（香港）有限公司
香港上環文咸東街 50 號寶恒商業中心
23 樓 2301-3 室
電話◎ 2529-1778　傳真◎ 2527-0904
總 編 輯—龔橞甄
責任編輯—張懿祥
美術設計—嚴昱琳
著作完成日期— 2020 年 6 月
初版一刷日期— 2020 年 8 月

法律顧問—王惠光律師

讀者服務傳真專線◎ 02-27150507
電腦編號◎ 560008
ISBN ◎ 978-986-98906-5-6
Printed in Taiwan
本書特價◎新台幣 249 元 / 港幣 83 元